W0097034

VERENA STEFAN

Fremdschläfer

ROMAN

AMMANN VERLAG

Die Autorin dankt der Stadt und dem Kanton Bern,
dem Verband der Autorinnen und Autoren der Schweiz (AdS),
der Elisabeth Forberg-Stiftung und der Stiftung Felsengrund
für die Unterstützung der Arbeit an diesem Buch.

Erste Auflage
© 2007 by Ammann Verlag & Co., Zürich
Alle Rechte vorbehalten
www.ammann.ch
Satz: Gaby Michel, Hamburg
Druck und Bindung: Clausen & Bosse, Leck
ISBN 978-3-250-60115-9

I

Die Geschichte beginnt zu ebener Erde,
mit den Schritten.

Michel de Certeau: Kunst des Handelns

Einlaß in diese Störrischkeit. Du kennst dich aus, abgeschirmt, mit geschlossenen Augen, im Dunkeln. Nachts, wenn du aufwachst, hörst du eine Stimme, die auf der Straße spricht (eine sanfte Stimme, die beruhigend auf ein Geschöpf einspricht, es zu überzeugen versucht, es in eine Richtung lenken will), die wiederholt, komm jetzt nach Hause, komm, und du weißt nicht, ist das Geschöpf, das nach Hause kommen soll, Frau oder Mann oder Tier (im Halbschlaf hast du das Gefühl, die Stimme spreche zu einer Kuh; denn es ist finster wie in einer Kuh, und im Innern der Kuh gibt es diese Stimme, die mit sanfter Eindringlichkeit von einem Zuhause spricht, um ein Zuhause weiß, die auf ein Geschöpf einredet, das vielleicht störrisch ist, schwerfällig wie eine Kuh), erleichtert sinkst du in den Schlaf zurück, weil du zu hören meinst, daß die Stimme Einlaß in diese Störrischkeit findet, und Stunden später, gegen Morgen, tauchst du aus einer anderen Schlafschicht auf, du siehst durch einen schmalen Spalt am unteren Rand der Augenbinde, wie der Text beginnt

Du siehst, wie Lou durchs Zimmer geht und sich in den Sessel an deiner Seite des Bettes setzt, nackt, sehr langsam, als denke sie darüber nach, was sie tun müsse, um sich hinzusetzen, beugt sie die Knie, neigt den Oberkörper ein wenig nach vorn und legt, während sie sich niederläßt, ihre Handflächen rechts und links neben den Hüften hin. Hellwach und ein wenig benommen, möchtest du ihren Namen sagen, aber Sprechen ist noch nicht möglich, noch kein Licht, möchtest du sagen, Lou, was tust du hier?

Du hast ihre Bewegung deutlich gespürt, du hast dich daran erinnert, als würdest du genau diese Körpergeste aus einem Film kennen, einem Schwarzweißfilm vor langer Zeit, als die Filmgeschwindigkeit doppelt so langsam wie heute gewesen ist, als man Filme mit allen Sinnen aufgesogen hat, das Licht im Film, das Licht und die Schatten, dann die Luftströmungen, die etwas anrührten, in Bewegung setzten, Stoffe, Körper, eine Figur, die Schatten und Licht im Zimmer und in der Landschaft veränderten, so wie Lou sich jetzt in Zeitlupe auf der Sitzfläche niedergelassen und ihre Hände links und rechts neben den Hüften aufgesetzt hat, wie Fußsohlen, denkst du

Du spürst, wie das eifernde Licht ins Zimmer drängt, wie es dich etwas lächerlich aussehen läßt, so wie du hier liegst, bereits im Hellen mit dieser Augenbinde aus einem Flugzeug, *do not* steht auf einer Klappe, *disturb* auf der anderen, unfähig, dich zu rühren. Mit jeder Geste würdest du dem Licht näher rücken, würdest ein Zeichen geben, dies erste Zeichen würde ein nächstes und dieses wiederum ein nächstes nach sich ziehen, das Wenden des Kopfes, einen Blickwechsel, ein Lächeln, schließlich ein Wort, du wärst in einem anderen Geist notiert

Aber du mußt jetzt an alles denken, wie nach einer Narkose oder einem Überseeflug aus der Zeit gehoben, nicht ganz richtig im Kopf, nicht ganz richtig im Rücken, in den Füßen, in den Eingeweiden, wirst du im Halbschlaf den Text Revue passieren lassen, dich umsehen, hierhin

und dorthin abschweifen, flanieren, eine Ordnung hinein-
bringen

An Momente im Gras und im Sand denken, an Momente im Dickicht und Gestrüpp, während du immerzu auf Tauglichkeit abgeklopft wirst, durch Länge, Breite
und Höhe, durch Sprachlosigkeiten, Fragebögen, Hitze,
Kälte, den Raum. Fremde wandern im Schlaf in ein Land
ein

Eine gewisse Sorglosigkeit. Eine Lampe mit smaragdgrünem Keramikkörper und einem ausgefransten eierschalenfarbenen Schirm sagt: Montréal, obwohl du nicht weißt, ob sie jemand von hier hergestellt oder ob jemand sie von woanders mitgebracht hat. Irgend jemand hat sie vor dir in einem Zimmer auf den Holzfußboden gestellt, viele Abende in ihrem Licht verbracht, Karten gespielt, fern geschaut, geraucht, getrunken, geliebt, gelesen, vielleicht auch geschrieben, ist schließlich weitergezogen oder gestorben, jemand hat sie zu den *petits frères des pauvres* gebracht, wo sie für fünf Dollars angeboten wurde. Deine Dinge haben keinen angestammten Platz mehr, die Dinge sind verpackt und eingelagert. Was dir zufällt, steht ausrangiert an der Straße oder in den Trödelläden. Eine gewisse Sorglosigkeit geht damit einher, unbelastet von Habseligkeiten. Alles ist roh, unzubereitet

In Montréals Straßen wirbeln Papierfetzen auf. Vom Sommerwind und dem Fahrtwind der Autos hochgehoben, trudeln sie durch die Luft und lassen sich an anderer Stelle nieder, auf der anderen Straßenseite, mitten auf der Straße, auf den Trottoirs. Wenn du im Café sitzt und hinausschaust, siehst du als erstes die leichten Papierfetzen, die hochgehoben werden und ein paar Meter durch die Luft gleiten, Zettel, Botschaften, die niemand mehr liest, niemand zur Seite kehrt, die sich von selbst auflösen

Im Gehen kommen die Wörter auf englisch und französisch zu dir zurück, während ein warmer Regen herabrauscht und sogleich verdampft, *humide,* sagst du, *muggy,* St. Denis, Mont-Royal, Christophe-Colombe, Rachel, Duluth, Parc Lafontaine. Mit den Namen entrollen sich Straßen unter deinen Füßen, geflickte, rumpelnde Straßen, aus den Namen und den Wörtern entstehen Häuser, Treppen, die außen an den Häusern zum ersten Stockwerk führen, verschnörkelte, gewundene Treppen aus Holz, aus Eisen. Flachdächer, Verzierungen, Giebel, Türmchen, Zinnen aus Zuckerguß, dann die Holzpodeste vor den Häusern, *the front porch, la galérie,* Holzsäulen, gedrechselte oder glatte, die Balkone tragen. Treppengeländer, Balkone, Türstürze, Türrahmen, Türen sind in allen Farben gestrichen, überall Sessel, Stühle, Schaukelstühle, man sitzt. Man setzt sich hin, man schaut dem Leben zu, man liest. Es kommt noch vor, daß man im Sommer den Fernseher draußen auf der Holzveranda aufstellt, bis tief in die Nacht hinein Serien, Fußball, Hockey anschaut und keine Sekunde zu früh vor dem Winter ins Haus zurückgeht. Man wandert durch die Nacht. Man unterhält sich von Balkon zu Balkon, von Treppe zu Treppe, von einer Straßenseite zur anderen hinüber, Katzen streichen durch die *ruelles,* die Hintergassen zwischen den Häusern, *the alleyways,* durch die *back yards, les cours,* die kleinen eingezäunten Gärten, Höfe, die von Blumen, Bohnen, Weinlaub überwuchert sind, je nachdem, welche Bevölkerungsgruppe dort wohnt. Man sitzt auch in den Gärten und Hinterhöfen, nächtelange Tafelrunden, Palaver, Gelächter, schlafen kann man nicht

Nachts verhängt die Wärme wie schwere Gardinen die

Luft in den Zimmern, tagsüber heizt sich die Stadt wie ein Backofen auf, *see some mystics!* sagt jemand im Supermarkt vor der Auslage der durchsichtigen Plastikbecher, in denen *Sesame sticks* – Sesamstäbchen – und Nüsse, Trockenfrüchte, Gewürze, Kräuter abgefüllt sind. Gemüsesorten und Früchte werden zu Pyramiden aufgebaut, alle makellos, einheitlich geformt, gewachst, glänzend, frisch abgesprüht. Das Bild einer Karawane auf einer Packung aus dickem weißem Papier, ein Kamel nach dem andern vor einer Kirche mit Zwiebeltürmen, der Verkäufer weiß nicht, ob der *Russian Caravan* ein Rauchtee sei, und ruft eine Bekannte an, *car elle sait préparer le thé comme une déesse,* sagt er, schaut dich mit schweren Augenlidern über den Telefonhörer hinweg an, ein weicher untersetzter Mann mit runden Fingern, *elle prend sa douche,* informiert er dich, parliert mit jemand anderem weiter, schließlich kommt sie an den Apparat und nach einigem: *Bonjour, ça va bien? Qu'il fait beau aujourd'hui!* erkundigt er sich nach dem Tee, *eh bien,* ein Rauchtee, du trittst mit dem Bild und dem Tee wieder in die Hitze hinaus, die Göttin ist aus der Dusche getreten, hat sich abgetrocknet, bereitet ihren göttlichen Tee zu, du wirst die Packung ins Küchenregal stellen, nachmittags *Russian Caravan* sagen

Eine Leichtigkeit, etwas Prickelndes springt auf dich über, etwas Federndes in der Montréaler Gangart, die sich aus der Periode des Langen Schnees entwickelt hat, rasch, man geht rasch voran, der Winterschritt, mit dem man durch minus zwanzig, minus dreißig Grad von einem Ort zum andern geht, bleibt das ganze Jahr über im Körper, nur im Juli und August schlendert man, schleicht man bei plus dreißig und fast vierzig Grad durch die Straßen

In den Stimmen, die dir den Weg erklären, spürst du Vergangenheiten auf, du verständigst dich mit banalen Formeln der westlichen Hemisphäre: Soll ich Croissants zum Frühstück mitbringen?, die in der bürgerlichen und intellektuellen Welt das Gefühl einer möglichen kulturellen Verständigung hervorrufen

    Wo bist du? *Sur St. Urbain et Marie-Anne?* dann brauchst du nur von St. Urbain zur Main zu gehen und diese bis Duluth hinab, dann Duluth entlang bis St. Hubert. Die kartografierte Vertrautheit in der Stimme am Telefon, die dir den Weg erklärt, in den Stimmen aller, die hier aufgewachsen sind oder schon länger hier leben, überträgt sich auf dich, als sagte jemand Savignyplatz, Winterfeldplatz, Nollendorfstraße, am Kotti und im Kiez, als könntest du Rachel, Duluth und *la Main* entlanggehen ohne nachzudenken, ohne Straßenschilder zu lesen, weil der Körper dich geht, weil Erinnerungen dich um die Ecke biegen lassen, Knotenpunkte einer vertrauten Nachbarschaft. Es klingt und riecht nach dreißig Jahren Vergangenheit, nach linker und feministischer Szene, Kneipen, nächtlichen Debatten, Bars, Sitzungen, Projekten

Felsig oder salzig oder trocken. Du gehörst nicht zu jenen, die sagen: Und dann, als du zum ersten Mal in dieser Stadt warst, als du zum ersten Mal im Herbst die flammenden Wälder sahst, die sich Hügel um Hügel in der Weite ausbreiteten, wußtest du, hier gehörst du hin. Wo das wäre, weißt du nicht. Ganz vage hast du eine Richtung eingeschlagen, *anyway, any way, on the road,* unterwegs hat Lou deinen Pfad gekreuzt, und im Gehen hat es sich ergeben, daß sie erzählte, in den Rocky Mountains sei sie einem *cougar* begegnet. *Cougar?* hast du gefragt, gibt es hier *cougars?*

Un cougar, wiederholt Lou, ein Wort wie felsig oder salzig oder trocken, wie das Wetter oder das Essen, *a big cat.* Eine Raubkatze. Beige, nicht schwarz, ein Berglöwe, ein Puma?

Sie ist es nicht gewohnt, anhalten zu müssen, weil sie zu weit gegangen ist. Wenn sie geht, liegt die Welt bis zum Horizont offen vor ihr da. Mit jeder Wegbiegung definiert sie den Horizont neu. Sie geht weiter und weiter, auf einem Saumpfad höher und höher hinauf, bis dieser so schmal wird, daß sie sich nicht mehr umdrehen kann, mit dem Rücken am Felsen kleben bleibt, unfähig, einen einzigen Schritt zu tun. Sie weiß nicht, wie sie dorthin gekommen ist, sich so weit verstiegen hat. Vor ihren Füßen, ringsum nur nackter Fels, kein Baum, kein Strauch. Den Rücken mit aller Kraft gegen die Wand hinter sich gedrückt, schiebt sie sich seitwärts an ihr entlang, bis sie sich endlich in die Hocke hinabrutschen lassen, mit beiden Händen ihre Knie umklammern kann. Morgens hat sie sich wie immer auf den Weg gemacht, energisch ausschreitend auf ein Ziel zu, die Arme gelenkt vorwärts und rückwärts bewegend, mit der Zeit, ganz allmählich wird sie einen leichten Trott angenommen haben, in dem sie geht und schweigt, als ob sie in die verdichtete Stille eingeht, die Ohren ganz voll Wald, voller Tierlaute. Jetzt sitzt sie mit dem Rücken zum Fels hoch oben in den Rocky Mountains und wartet, daß ihr das Herz nicht mehr im Hals klopft und das Blut aufhört, im Kopf zu dröhnen. Langsam streckt sie ein Bein aus, das andere, zieht eines nach dem anderen wieder zu sich heran, streckt sie erneut aus. Sie nimmt einen Schluck Wasser aus der Wasserflasche, noch einen. Als sie aufschaut, sieht sie über sich auf einem Felsvorsprung die große Raubkatze liegen

Fast schwindelt dir in der trockenen Hitze, die vom Felsen abstrahlt, auf dem der *cougar* liegt und auf Lou hinunterschaut. Du siehst, wie das Wort *cougar* beim Sprechen ihren Mund verläßt, es ist ein Wort, das in ihrer Mundhöhle heimisch ist, du kannst dich nicht satt daran sehen. Wie das gewesen sei, fragst du weiter, damit ihre Lippen sich wieder öffnen, wo sie dem *cougar* begegnet sei, damit du zuschauen kannst, wie der *cougar* in der Mundhöhle auftaucht, auf der Zunge liegt und sich langsam, geschmeidig über ihren Lippenrand hinausbewegt

Mit einem wilden Tier kannst du nicht aufwarten. Sätze, die mit *die Aare* anfingen, würden nicht weit führen. Bis Lou staunend an ihrem Ufer stehen wird, werden Jahre vergehen. In der Geschichte der Menschheit ist die Aare kein Schlüsselwort, das Bilder auslöste, die mit Fantasien, Träumen, Projektionen und Abenteuergeschichten verknüpft wären

Sie habe sich an die Felswand geschmiegt, sagt Lou, als habe sie schon immer dort gesessen, als sei da nur ein Pfad, das zerklüftete Gebirge und sie, reglos, ein Stück Fels, zufällig an die Wand gefügt. Sie denkt an Winter, an die Sterne zwischen den Ästen der kahlen Bäume, ans Schneeschuhlaufen, Schneeschaufeln, den *Snowblower,* ihre eiskalten Füße als Kind, wenn sie von der Schule nach Hause gekommen ist, wie die Mutter ihr die kalten Füße mit den Händen abgerieben und sie dann unter ihr Kleid geschoben hat, um sie aufzuwärmen, sie denkt an Wölfe. Nichts wünsche sie sich sehnlicher, sagt sie, als einmal einen Wolf zu sehen. Wenn sie an Wölfe denke, werde sie ganz ruhig. Als sie es endlich wagt, nach oben zu schauen, ist der Felsvorsprung leer

Bern hat einen Bären als Wappentier, beginnst du gewohnheitsmäßig und könntest dir sogleich die Zunge abbeißen. Du sitzt in der Falle. So geht es beim Geschichtenerzählen beim Gehen. Man fällt in einen Gleichschritt, als hätte man eine Freundin aus der Kindheit wiedergetroffen, leicht schwindlig von den dämmrigen Wäldern, der Luftfeuchtigkeit, den Citronellewolken gegen die Mücken, wunderst du dich, wieso Lou so lange abwesend gewesen ist, warum sie nicht berndeutsch spricht, sondern auf englisch fragt: *Are there bears in Switzerland?*

Sie fragt auch: *Who are the First Nations in Switzerland and in Germany? What are the names of your tribes?*

Du versuchst es erst mit den Bären, das scheint einfacher als die Frage nach Ureinwohnern und Volksstämmen. Es gibt keine Bären mehr. In Bern... beginnst du wieder. Die Worte sind in deiner Kehle gefangen wie die Bären im Bärengraben. Vielleicht solltest du lieber die Statue der wilden Bärin und der Bärengöttin erwähnen, die um 1830 bei Bern gefunden worden ist. Wenn du aus der Schweiz berichtest, mußt du betonen, es handle sich um eine wilde Bärin. Du weißt das Wort für Bärengraben nicht. Ein Zwinger... Später wirst du im Wörterbuch nachschauen, später werden sich bei jeder Tafelrunde die gerade anwesenden Ginettes, Chantals, Gails, Martines, Lises, Louises, Annes, Anns bolzengerade aufrichten, das Glas absetzen, Gabel und Messer ablegen, sobald das Wort gefallen ist, und alarmiert fragen: *Une fosse d'ours? Mais qu'est-ce que c'est qu'une fosse d'ours? Es-tu sérieuse, toi?* Helena, die während einer Europareise durch Bern gekommen ist, meint: *Do they still have that terrible bear pit in the city?* Melanie berichtet, wie unbegreiflich es ihr in Berlin vorgekommen sei, mitten in der Stadt einen Zoo vorzufinden

Die Bären sind eingesperrt, so weit hast du Bericht erstattet. Nein, nicht im Zoo. Es gibt zwar einen kleinen Tierpark, in einem Wäldchen an der Aare, aber die Bären sind nicht dort untergebracht, sie sind mitten in der Stadt in einem.... Lous Augen öffnen sich weit. Du willst nicht daran ersticken, es muß raus. Die Bären sind tiefer... fährst du fort, sie befinden sich ein Stockwerk unter dem Straßenniveau.... es ist eine Art eingestülpter Turm... aus Stein ... Lous Gesicht ist ausdruckslos geworden. Die Touristen und die Einheimischen stehen im Kreis oben am Geländer, erklärst du, rings um den abwärts errichteten Turm, und schauen auf die Bären hinab ... sie kreischen und lachen und werfen Möhren hinab ... die Bären schauen hinauf und fangen das Futter mit den Tatzen oder dem Maul auf. Lous Gesicht ist reglos geblieben, zwei Tränen lösen sich aus ihren Augenwinkeln. Willst du damit sagen, daß sie nie in die Weite sehen? fragt sie schließlich

Die Klarheit, Durchsichtigkeit des Wassers. Mitte Juni kann man nicht mehr am Ufer stehen bleiben. Die Zeit verläuft geordnet in ihren Bahnen. Menschen kommen tagsüber an den See, Tiere nachts. Bäume und Unterholz wachsen dicht an dicht an den See heran. Wie Grasbüschel, wie Borstenpinsel schießen die Baumstämme vom Uferrand hoch. Man kann sich dem Wasser nicht vom Wald her nähern. Er schirmt ab, umschließt, verwehrt den Zugang. Nur wer in den Wald gehört wie die Tiere kann überall ans Wasser gelangen. In einem Dürresommer hat man Luchse gesehen. An einer Stelle ist der See für Menschen zugänglich, dort wurde vor langer Zeit eine Lichtung geschlagen. Rechts davon fließt Wasser aus einem anderen See herein, uneinsehbar hinter morschem Holz, dümpelnden Baumstämmen und einem Biberdamm. Der Wasserspiegel ist dieses Jahr schon ungewöhnlich hoch. Nach rechts schwimmt man in die Zone der abgestorbenen Baumstämme hinein

»Die Biber haben der Landschaft eine Farbe geschenkt.«

Mit einer beiläufigen Erkenntnis tauchst du einen Schritt tiefer in die Fremde ein. Im sechsten Sommer in Québec laufen Erfahrungen, Beobachtungen aus fünf anderen Sommern neben dir her. Du fügst in die Landschaft, ins Gespräch einen Kommentar ein, du hast etwas beobachtet, erkannt, du findest einen Satz dafür, mit jedem Satz nistest du dich im Land ein. Das Ankommen hat nicht aufgehört, es geht mit anderen Sätzen weiter, mit dem Grau der spitz abgenagten Baumstümpfe, einem verwitterten Gesteinsgrau, von der Glut des Sommers und der beißenden Winterkälte ausgebleicht, mit der Luft zwischen den abgestorbenen Bäumen, die auch von diesem hellen Grau angehaucht wird, rauchig, verschleiert

Von Montréal aus fährt man den Boulevard Papineau hoch bis zum Pont Papineau und über einen Fluß, den Rivière de la Prairie, dann die 25 nach Norden bis zu einem kleinen Ort, und wie in jedem Ort biegt man dort links ab, rechts ab, genau, die Wegbeschreibung notierst du nebenbei, wie die Einheimischen mit dem Telefonhörer am Ohr und den Gedanken woanders, der gute Obst- und Gemüseladen an jener Ecke, ja, Métro Supermarkt gleich am Eingang, genau, dann auf einer Nebenstraße bis zum Dépanneur im Wald und auf einer *dirt road* weiter bis zum Waldweg in die Siedlung. Manche Häuser wirken schäbig, kahl, schmucklos. Zweckmäßig. Sehen aus, als seien die Holzverschalungen, Kunststoffverschalungen gerade notdürftig zusammengeschraubt und Wellblechdächer daraufgenagelt worden

Der See ist von jener angenehmen Größe, in der man morgens als erstes und abends als letztes bequem hin- und herschwimmen kann, wenn das Wasser warm ist. Es ist, Mitte Juni, noch eisig kalt. Über Nacht jedoch ist mit Gewalt der Hochsommer ausgebrochen. Montréal stöhnt unter verfrühten Hundstagen und unerträglicher Luftfeuchtigkeit. *La canicule!* sagt man, wenn man sich auf der Straße trifft.

Man geht zum Dépanneur und sagt beim Hineingehen: *La canicule!* und Frau oder Mann hinter dem Ladentisch antwortet: *La canicule!* Und so unterhält man sich tagelang, nächtelang mit wildfremden Menschen, vielleicht fügt man mit Nachdruck noch Zahlen hinzu, 34!, *trente-quatre,* und nachts nicht mehr unter 28!, *vingt-huit!, infernal!,* höllisch!

Hier am Ufer ist alles einfach. Man schaut zu, wie die Libellen über dem Wasser tanzen, wie weiße Margeriten, orangefarbenes Habichtskraut, wilde Wicken gleichzeitig am Ufer aufbrechen. Innerhalb von zwei Stunden steht eine voll erblühte Sommerwiese da. In einem der Ferienhäuser warten zwei Katzen darauf, daß man ihnen Futter hinstellt, mit ihnen spricht und sie streichelt, wenn sie Zeit dafür haben

In der Wegbeschreibung sind dir alle Angaben vertraut, auch Art und Verlauf der Straßen, die Geschichte geht einfach weiter, im Auto, dann wieder zu ebener Erde, dann barfuß auf Holzfußboden im Haus, auf der Holzterrasse vor dem Haus, am roten Behälter mit der rot leuchtenden Flüssigkeit vorbei, die Kolibris anlockt, die summenden Vögel, *hummingbirds,* dann auf einem Fußpfad zwischen Birken und Ahornbäumen hindurch, ein kurzes Stück auf dem breiten Waldweg bis zur Wiese am Ufer und einer großen, sanft abfallenden Steinplatte, die von der Sonne angewärmt ist. Wie die Schären in Schweden, denkst du, Moose, Flechten, Birken, eine nordische Landschaft. Man ist ja stets versucht, die Dinge, die man zum ersten Mal sieht, mit Dingen zu vergleichen, die man kennt, damit man nicht von zu viel Unbekanntem überwältigt wird.

Am linken Seeufer stehen Birken. Ihre glänzend weißen Stämme sind der Länge nach im Wasser abgebildet. Dort will ich hin, sagst du zu Lou, zwischen gespiegelten Baumstämmen hindurch schwimmen. Das Verlangen, ins Wasser einzutauchen und endlich zu schwimmen, ist übermächtig

Die Klarheit, Durchsichtigkeit des Wassers. Du schwimmst in eine unter Wasser gemalte Landschaft hinein. Nach fünf Zügen sterben dir alle Gliedmaßen ab, nach Luft schnappend rennst du ans Ufer, neugeboren, die Badesaison ist eingeläutet. Dreißig Schritte zum Haus zurück, am verblühenden Frauenschuh im Wald vorbei, schnell, schnell ins Badezimmer, aus dem kalten Badeanzug hinaus und an den Ofen. Jemand hält den Film an. Der Atem erschrickt dir zwischen den Zähnen, bleibt stehen, dein Herz rast, galoppiert davon. Was ist das? fragst du tonlos, bereits in dich verkrochen, nach einem Schlupfloch suchend, wo niemand dich sehen kann. Was ist das, das darf nicht sein, dafür gibt es kein Wort, das kann nicht sein, ich, ich, du mußt tasten, nach dem, was da zu sein scheint, was du eben gespürt, sogar gesehen hast, eine Einziehung von der gerunzelten Brustknospe zum Schlüsselbein hoch, eine Delle in der linken Brust, was ist das, da, unter der Delle ist etwas, beinhart. Instinktiv streckst du beide Arme vom Körper weg, steckengerade von der Gefahrenzone weg, nicht noch einmal diesen Fremdkörper spüren, von dem du nichts weißt, nichts wissen willst, alle zehn Finger am Ende der Arme abgespreizt

Du könntest gestochen scharf erkennen, um was es geht, aber gerade das möchtest du um alles in der Welt vermeiden. Du frierst es ein. Der Atem kehrt von selbst zurück, auch das Herz schlägt weiter, holpernd, gepreßt. Nur die Zeit bleibt stehen

Die Zeit brauchst du zum Weitergehen. Wenn das Weitergehen aufhört, fällt die Zeit flach. Du hörst, wie Lou am Ofen rumort, Holz nachlegt, mit dem Schürhaken im Feuer stochert. Durch die halboffene Tür siehst du, wie sich eine Katze durch die Katzentür ins Haus hineinschiebt, buschig, ganz aufgebauscht, vom Wald den Gerüchen den Fährten, und schon ist sie wieder hinaus, *totally absorbed in the adventure called life,* hörst du Lou sagen, du hörst ihr glückliches Auflachen, siehst sie am Ofen stehen, eins mit sich und der Welt, die Katzen kommen und gehen, wie sie wollen, da sind Sprachen gewesen, Zeilen, einzelne Wörter, die von den Samtaugen ihrer Brüste ausgingen, *there are those golden-brown pansies, des pensées, you know*

Du sehnst dich mit aller Macht nach der gebogenen, gekrümmten Zeit, nach Leben, das Berg- und Talbahn fährt, wo du dich manchmal festklammerst oder elend laut schreien mußt, aber mitten im Leben bist, nicht auf einem Abstellgleis, nicht entgleist

Wenn bis dahin etwas zur Ferne gehört hat, ja, wenn es so unendlich fern gewesen ist, außer Reichweite, daß es jenseits der Ferne angesiedelt schien, noch hinter dem Horizont, in einem anderen Land, und es urplötzlich, mit einem einzigen Blick, einer Berührung, einem einzigen Wort greifbar nah ist, so daß du nur noch die Hand ausstrecken brauchst, um es dingfest zu machen, dann entsteht ein Riß im Zeitgefüge, panische Stille, Lähmung. Wenn alles wieder zu kribbeln beginnt und auch die Augäpfel aus der Erstarrung in eine vertraute Stellung zurückrollen, verwakkelt der Ablauf der Minuten, dann der Stunden, dann der Tage, die wie Sekunden zusammenschnurren, laut klopfend, oder sich im Gegenteil so flach in die Länge ziehen, bis auch sie hinter dem Horizont ins Nichts fallen

Beide Arme jetzt um dich geschlungen, verkriechst du dich voller Schrecken und Scham in einem uneinsehbaren Raum, wo es dunkel ist, wo du wie ein Tier erst wieder zum Vorschein zu kommen brauchst, wenn die Wunde verheilt ist. Du schaust auf plötzlich ganz verschiedene Brüste hinab. Wie sollte etwas so Beinhartes in die Brust einwandern? Wie ist es gewachsen, unsichtbar, im Inneren, was spielt sich jetzt, gerade jetzt im Inneren ab, innen im Körper, was hat sich die ganze Zeit dort abgespielt, die längste Zeit, warum hast du nichts gemerkt, wie kann das angehen, daß so etwas von Jetzt auf Nachher zum Vorschein kommt, als sei es durch das eisige Wasser zusammengeklumpt und bis unter die Hautoberfläche emporgetrieben worden?

Du hast die Dunkelheit immer um ihrer Schätze willen geliebt, die Träume, das Unausgesprochene, Unaussprechliche, die Vorräte, die Schrift

In der Kindheit werden die alltäglichen und die besonderen Schätze im Keller aufbewahrt. Die Äpfel haben ihr eigenes Gestell, die Kartoffeln auch. In einem anderen Raum stehen die gewöhnlichen Einmachgläser mit den Marmeladen, Konfitüren, den Gelees und die besonderen aus dickem grünen Glas, Bülacher Glas, mit den eingeweckten Pfirsichen und Aprikosen. *Für später, für später,* flüstern die Gläser, wenn es draußen kalt ist, wenn an den Bäumen nichts mehr wächst. Mit den Schätzen, die man anfassen kann, ist es einfach, man geht eine Treppe hinunter in den halbdunklen Raum, in den durch ein schmales Fenster ein Lichtstrahl fällt, und sieht sie vor sich. Am Sonntag steht dort ein großes weißes Emaillebecken mit schimmernden Eisblöcken, vor dem Mittagessen rennst du zum Bäcker, kaufst ein viereckiges Paket Vanilleglace oder Vanille und Mokka und trägst dieses, in dicke Schichten Zeitungspapier eingewickelt, rennend nach Hause und die Treppe hinab. Von allen Seiten mit Eis umgeben, wird die Glace nach dem Mittagessen gerade so weich sein, daß man den Löffel wie in Butter in sie hineinsenken kann

Zögernd schickst du die Hand an die Brust aus, voller Angst. Zuckst zurück. Es ist noch da, hart, viereckig, wie ein Würfel

Für den Rest des Abends einsilbig, inwendig verkrochen, schaust du zu Lou hinüber, die auf Armeslänge entfernt in einem Sessel sitzt und liest, erleichtert, der Stadt entronnen zu sein, eine Hütte zu haben, einen See vor der Haustür, und glückliche Katzen zu füttern, an Sommer zu denken, an Reisen, den Atlantik, die Bucht in Forillon, die rosafarbenen Blumenfelder, hinter denen sich die Wasserfläche vom Auge wegdehnt und in weich gefalteten Dünungen wiederkehrt. Deine Lebenszeit ist im Bruchteil einer Sekunde schockgefroren. Du weißt noch nicht, ob sie wieder auftauen, ob das Leben weitergehen wird. Nachts tastest du dich vorsichtig an die Gefahrenzone heran. Es ist noch da. Vielleicht wird es am Morgen nicht mehr da sein. Du möchtest es ungeschehen machen, du möchtest, daß das, was da hockt, weggeht, daß die Schule abbrennt. Du möchtest weit wegrennen, an einen Ort, wo niemand dich kennt, du möchtest starke, uneinnehmbare Schutzwälle bauen, du möchtest sagen können: Niemand wird in dich hineinschneiden. Du ziehst dir die Decke über den Kopf

In alle Richtungen. Die erste Ärztin ist schön, elegant, noch etwas verschlafen, so wie an einem Montagmorgen ein Gesicht verhangen aussieht, von dem das Wochenende noch nicht weggewischt ist. Auch sie kommt aus einer anderen Welt in dieses Untersuchungszimmer hinein, hat vielleicht nachts in einem Roman gelesen oder ist im Kino gewesen, ist zum Essen ausgegangen, hat vielleicht japanisch gegessen, Sake oder Rotwein getrunken, mit Freunden gelacht, vielleicht hat sie nichts von alledem gemacht, sondern ist Sonntagabend müde ins Bett gesunken, neben einer Frau oder einem Mann oder allein, vielleicht hat sie vor dem Dienst ein Kind in die Schule oder in den Kindergarten gebracht. Jetzt geht sie mit vorsichtigen Schritten und fragendem Gesicht auf die Röntgenaufnahmen zu. Du hast noch nie das Negativ deiner Brüste betrachtet und darin, im Dunkeln, einen hellen Fleck, von dem faserige Strahlen weggehen, in alle Richtungen, wie bei einem Stern. Du liest von ihrem Gesicht, ihren Gesten ab, wie sie deine Brüste liest. Sie ist freundlich, sanft, modisch gekleidet, schwarzer kurzer Rock, schwarzes asymmetrisches Oberteil, die Haare zerzaust geschnitten und frisch gefärbt, Augenbrauen gefärbt, in Montréal sind alle Köpfe eingefärbt, *avec couleur?* lautet die gewohnheitsmäßige Frage, wenn man sich anmeldet zum Haareschneiden. Alles ist Dekor, *performance,* Repräsentieren

Die Ärztin ist jung, um die dreißig, sie gehört der Generation deiner Coiffeuse an, die wie eine Giraffe in der Savanne durch den Salon geht, ihre Beine hören an deinen Schultern auf, *elle est bien dans sa peau,* eine Lebensdevise der hiesigen frankophonen Welt, sie fühlt sich wohl in ihrer Haut, immer charmant, freundlich, in einer fortwährenden Selbstdarstellung vor dem Spiegel, im Leben, auch das eine Devise ihrer Welt, ausgehen, tanzen, trinken, essen, lachen, sich amüsieren, das Leben ist freundlich, einfach

Man ißt auswärts in Montréal, das Leben ist billig, die Trödelläden, *les friperies,* extravagant und ausgefallen, man inszeniert sich, verkleidet sich, präsentiert sich für den Augenblick, flüchtige Augenblicke reihen sich aneinander

Den Namen der Ärztin hast du von Ariane gehört, die mit einer Kollegin ein Programm für Früherkennung von Brustkrebs entwickelt hat und Krankenschwestern, Medizinstudentinnen und Medizinstudenten, Ärztinnen und Ärzte darin unterrichtet. Sie sprechen über Brustkrebs, Früherkennung, Selbstuntersuchung, Diagnostik, Behandlungsmethoden, das Verhältnis von Krankenhauspersonal und Patientinnen. Patienten mit Brustkrebs kommen selten vor. Du fragst dich, ob Brustkrebs eine Frauenkrankheit sei und ob man eine Frau sei, wenn man Brustkrebs hat, oder ob Brustkrebs menschlich sei und eine Krankheit, die hauptsächlich Frauen betreffe, und wo du selber hingehörst mit der möglichen Krankheit, weder Frau noch Mann, die Gedanken kommen und gehen flüchtig, zerstreut. Der aufgescheuchte Verstand flattert hierhin, dorthin, alles, was sich angesammelt hat, wird kurz aufgewirbelt und setzt sich wieder

Nur am Rande nimmst du von den Gedanken Notiz, das Leben ist ganz zu Körper geronnen. Mit Stumpf und Stiel bist du aus dem Ideenparadies vertrieben worden. Ariane spricht in der Fortbildung darüber, daß Frauen in ihren Brüsten nicht nur Zysten, Fibrome, Knoten und Tumore haben, sondern das ganze Leben, also was zum Beispiel?

Erotik, Stolz, Scham, Begehren, Lust, zählen die Krankenschwestern auf, Stillen, Nähren, Genährtwerden, Fürsorge, Gewalt, Belästigung, Verletzung, Konkurrenz, Neid, Liebe, Trennungen, Kinder, Attraktivität, Altern, Angst

Ein Kreis, sagt die Ärztin zögernd vor der Röntgenaufnahme, ein Kreis wäre besser, ein Nicht-Stern, ein Kreis mit einem klaren, abgegrenzten Rand, wie dieser Kringel da und dieser, sehen Sie?, ein Fibrom. Aber dieser Fleck mit einem gezackten, ausgefaserten Rand – wir müssen sofort eine Biopsie machen. Die Lymphdrüsen in der Achselhöhle sind geschwollen. Du mußt neue Wörter lernen, *ganglions, lymphnodes,* oder alte Wörter vergessen, dir Namen merken, weil sie plötzlich in den Körper eingeschrieben sind, Orte aufsuchen, an die du nie für dich selbst gedacht hast. *Cancer station. Oncology.* Krebsstation. *Centre du sein. Breast center.* Die Brust hat ein eigenes Zentrum. Nirgendwo steht Krebsheilkunde, *Heilkunde*

Du erinnerst dich daran, wie du nach der Mammografie mit der Röntgenassistentin geplaudert, ihr erzählt hast, eine Freundin habe gesagt, auch sie habe das einmal erfahren, daß sich nach dem Schwimmen in eisigem Wasser, sie sei damals auf Island gewesen, ein Knoten in einer Brust gebildet habe, das sei jedoch nur aufgrund der Wassertemperatur geschehen und habe sich nachher wieder zurückgebildet, so hast du vor dich hingeredet vor dem höflichen Gesicht der Assistentin, ohne dir gewahr zu sein, daß diese den Stern im Dunkeln bereits gesehen und zu den Röntgenaufnahmen den ersten Kommentar geschrieben hat, es bestehe Verdacht auf

Du hast die Brüste vom Apparat durchstrahlen lassen, ohne etwas zu sehen, ungesehen bist du weggegangen, die Aufnahmen unter den Arm geklemmt, ohne gesehen zu haben, ohne zu wissen, dich in Sicherheit wiegend in dieser Formlosigkeit

Man muß Punkte sammeln. Wenn man nachts aufwacht, sagt man: *My love, mon amour,* Fremdschläfer, *conjointe de fait.* Man muß Punkte sammeln. Für jede Frage im Einwanderungsfragebogen bekommt man Punkte, für Schulbildung, Sprachkenntnisse, Berufsausbildung, für Alter bis dreißig Jahre. Wenn jemand sich bereit erklärt, einem nach der Ankunft in Kanada zu helfen, bekommt man Punkte. Es können Arbeitgeber oder Hilfsorganisationen sein, leibliche Verwandte, Ehepartner, eine Geliebte, ein Geliebter mit der oder dem man unter demselben Dach lebt, in Québec *une conjointe, un conjoint de fait.* Auf englisch *a spouse, common law* oder *de facto spouse* und *de facto same sex spouse. Spouse* ergäbe auf deutsch ein Gespons. Wenn man diese Punkte bekommen möchte, muß man unter Frage Nummer fünf angeben, wer genau einem nach der Ankunft helfen wird. *À qui de droit,* schreibst du. An die zuständige Behörde:

Madame, Monsieur,

sie heißt Lou. Im April nimmt ihr Körper Sommerform an. Eines schönen Morgens, wenn sie sich räkelt, dreht sie sich im Halbschlaf um und um, streckt gähnend, Kissen und Bettdecke von sich wegschiebend, die Arme aus. Dann bleibt sie blinzelnd im Morgenlicht liegen. Das Licht ergießt sich an so einem Morgen mit plötzlicher Helligkeit und Wärme über sie aus, und ich sehe, wie sich unter der winterlichen Gewebeschicht ein anderer Umriß abzeichnet, als liege ein Otter reglos unter dem Wasserspiegel. Während sich im Wald die ersten Spiralen der Farnwedel aufrollen, drängt sich eine sommerliche Stromlinienform bis unter ihre Hautoberfläche empor, als bewegten sich ihre Arme bereits kraulend durchs Wasser. Im Spätherbst hingegen verliert ihr Körper an Kontur: dann ist November. Schwermut bis der erste Schnee fällt. Ein Verstummen wie auf langen Überlandfahrten. *Madame, Monsieur,* Sie müssen wissen, daß Lou den Kontinent kennt, sie hat ihn im Auto von Küste zu Küste durchquert. Seine Stille breitet sich in ihrem Innern bis in die feinsten Kapillaren hinein aus. Sobald der erste Schnee zu fallen beginnt, schaut sie auf, bewegt sich magisch angezogen, die Arme anhebend, auf ein Fenster zu und ruft: *O snow! Il neige! Il neige! O! Snow!,* während ihr Novembergesicht sich aufhellt, als habe jemand eine Maske davon abgezogen, damit es die schneeige Helligkeit vor dem Fenster leichter widerspiegle.

Als Kind, sagt sie, habe sie im Winter stundenlang Schnee geschaufelt, den Gehweg vor einem Haus in Québec City, zufrieden, allein draußen zu sein und frische kalte Luft zu atmen, mit dem Universum und der toten Lieblingstante zu sprechen. Ihr Körper verträgt sich schlecht mit einer außerkörperlichen Wärmequelle. Bis heute muß sie im Winter abends und nachts regelmäßig vors Haus treten oder spazierengehen, um Luft zu holen und sich abzukühlen. Ihre eigene Wärmeproduktion ist enorm.

Ihre große kindliche Angst im Winter war es, vom Snowblower eingesaugt zu werden oder beim Spielen in einem der haushoch aufgetürmten Schneehaufen wie in einer Sanddüne zu verschwinden. Ich habe nie Angst gehabt, in einem Schneehaufen wie in einer Sanddüne zu verschwinden, ich wußte nicht, daß es in den Stadtstraßen überhaupt solche Schneehaufen gibt, und bevor ich hierher gekommen bin, habe ich noch nie einen Snowblower gesehen.

Meine gräßlichste Vorstellung als Kind ist es gewesen, ins Bschüttiloch zu fallen, in die Jauchegrube, die zu jedem Bauernhof gehört hat. Einmal ist einer hineingefallen. Man hat nie erfahren, ob er lebend herausgekommen ist oder nicht. Die Vorstellung, unter der Oberfläche der Jauche zu sein, in panischer Angst den Mund aufzumachen, weil man durch die Nase keine Luft mehr bekommt – hier hat die Erzählung aufgehört, höchstens, daß ein Erwachsener noch etwas von Stickstoff und ersticken gemurmelt hat, die Arme dabei verschränkt, sich den Mund abgewischt, mit den Händen durch die Haare gefahren ist oder sich auf dem Stuhl zurechtrückte.

Madame, Monsieur, man hat mir von Rechts wegen angeraten, Lou im Einwanderungsfragebogen als meine *conjointe de fait* anzugeben, weil ich damit Punkte gewinnen werde. Ist ein Name da, eine Adresse, eine leibhaftige Person? Das gibt Punkte. Die Immigrationsbeamten, hat man mir gesagt, möchten generell die Gewißheit haben, daß jemand da sei, der einem beistehen werde, wenn man sich *dépaysé/e* fühlen wird. Der allgemeinen Erfahrung nach wird man sich *dépaysé/e* fühlen, das heißt fremd, verunsichert, verwirrt, orientierungslos, wörtlich entlandet.

Ich werde die erforderliche Punktezahl nur knapp erreichen, weil ich einen Beruf ausübe, der nicht auf der Liste der begehrten Berufe steht. Auch bin ich zum Einwandern entschieden zu alt, wenn man es aus der Sicht des Bruttosozialproduktes eines Landes betrachtet, und das tut das Land, wenn es Einwandernde in Augenschein nimmt. Schriftsteller und Schriftstellerinnen gibt es hier wie Sand am Meer.

Weder mein Beruf, *Madame, Monsieur,* noch mein Alter sind für Ihr Land interessant. Ich hoffe, alles mit meiner Liebe zu Lou ausgleichen zu können. Das wiederum spricht sehr für die Handhabung der Bestimmungen in Ihrem Land, ist jedoch ohne Gewähr und kann sich bei jedem Regierungswechsel ändern.

Um auf Lou zurückzukommen, sie geht durchs Leben mit ihren unter dem Rock der Mutter gewärmten Füßen, risikofreudig, kühn, furchtlos. Sie hat zwei Träume: einmal im Leben einem Wolf zu begegnen und ein Haus ihr eigen nennen zu können.

Es gibt wenig, wovor sie sich fürchtet. In der Tat bin ich nur einmal Zeugin einer Situation geworden, in der Lou sich gefürchtet hat, das ist in den Engadiner Bergen gewesen, als sie auf einer Alpweide saß, ein mit Bündnerfleisch belegtes Brötchen in der Hand, während eine Kuh sich geradewegs in ihre Richtung in Bewegung setzte, als wollte sie durch sie hindurchgehen.

Sie müssen sich vorstellen, daß Lou mitten auf einem Kuhpfad sitzt. Ich sehe, wie ihr eine Blutwelle ins Gesicht steigt und daß ihr Gesicht voller Angst ist, während sie sich hastig aufrichtet und den Hang hinaufklettert. Eine solche Reaktion ist durchaus natürlich. Eine Kuh ist ein mächtiges schweres Tier mit Hörnern, und außerdem ist Lou im Ausland gewesen, wo ihre Füße sich weniger gut auskennen.

Lou schweigt auf englisch und französisch, ich auf englisch, deutsch und berndeutsch. Auch Selbstgespräche führe ich auf englisch, deutsch und berndeutsch. Mein Französisch ist etwas bockig. Lou und ich sprechen und schweigen englisch miteinander. Lou spricht, im Gegensatz zu allen andern hier, sehr langsam, auch das ist zu meinem Vorteil. Sie stammt aus Québec City, von einer irischstämmigen Mutter und einem frankophonen Vater, eine Mischung, die man in Québec häufig antrifft. Zu meinem großen Glück hat sie ihre gesamte Schulbildung auf englisch durchlaufen. Das ist Ende der fünfziger Jahre in Québec City ziemlich ungewöhnlich gewesen, und Sie wissen besser als ich, daß aus den sprachlichen Mischehen und den sprachlichen Anspannungen zwischen Französisch und Englisch und Québécois und Französisch viel Ungewöhnliches hervorgegangen ist.

So ist es beispielsweise im ersten Schuljahr einmal vorgekommen, daß die anderen Mädchen im Winter eine chinesische Schülerin und Lou Rücken an Rücken an einem Laternenpfahl zusammengebunden und stehen gelassen haben; denn sie sind die beiden einzigen Mädchen in der ersten Klasse gewesen, die nicht Englisch gesprochen haben, und so konnten sie Rücken an Rücken auch nicht miteinander sprechen, weil das chinesische Mädchen kein Französisch sprach und Lou kein Chinesisch, sondern nur ausharren, bis jemand kam, um sie zu befreien.

Frauen üben eine verführerische Faszination auf Lou aus. Die Zahl ihrer Eroberungen ist legendär. Es heißt, sie sei auf breiter Basis mit den Frauen ihres Landes in Berührung gekommen, was sie in doppelter Hinsicht zu einer *Québécoise de souche* macht, einer Alteingesessenen. Sie meint bescheiden, es liege daran, daß sie ihr Leben mit schönen Frauen angefangen habe, mit Dekolletés, *cleavages*, Parfumwolken, erwachsenen Schwestern, die zusammen mit der Mutter tanzen gingen, deren Kleider vor dem Spiegel raschelten. Im Haus ihrer Kindheit haben weibliche Körper das Sagen gehabt. Ansonsten ist nicht viel gesagt worden. Es war warm, es gab zu essen und viel Berührung, das Lebensnotwendige eben, und Tanzen. Tanzen, sagt Lou, sei eine Sprache gewesen.

Monsieur, Madame, vielleicht fragen Sie sich, wie meine *conjointe de fait* mir zur Seite stehen soll, wenn sie kein eigenes Haus hat. Mir scheint, es komme weniger darauf an, ob sie bereits jetzt ein Haus hat, als darauf, daß sie einen Traum von einem Haus träumt. Aus meiner Sicht spricht es für sie, daß sie zwei Träume hat. Ich wüßte nicht, wie mir ein Mensch ohne Träume, die ihn bis ans Ende seiner Tage begleiten und weitertreiben werden, beistehen könnte. Ich darf noch anmerken, daß ich wiederum eine ausgesprochene Begabung habe, Häuser zu finden, das heißt, ich werde mich in dieser Hinsicht als nützlich erweisen. Lou ist auch ohne Haus vom ersten Augenblick an eine ausgezeichnete Gastgeberin gewesen, eine Gastgeberin der altmodischen Art.

Madame, Monsieur, für Einwandernde und Auswandernde hat der Begriff Fremdschläfer unterschiedliche Bedeutungen. Damit kann sowohl in der Fremde schlafen gemeint sein, als auch mit einer Fremden schlafen, wobei es sich für eine Einwandernde in einem fremden Land so verhält, daß die Einheimische, die sie in ihr Bett einlädt, für sie ebenfalls eine Fremde ist, das heißt, daß zwei Fremde miteinander schlafen. Am Anfang sind alle Einheimischen Fremde.

Lou hat mir sofort Niederlassungsfreiheit und Aufenthaltserlaubnis auf Lebenszeit erteilt. Ich kann Ihnen versichern daß sie nicht auswandern wird, denn eine Immigrantennatur ist sie nicht, ganz im Gegenteil. Sie gehört zu jenen, die dort zu Hause sind, wo sie geboren wurden, und Fremdschläferinnen in Empfang nehmen. Dafür zieht sie eine schwarze Jeans an, das jahrzehntelang erprobte weiße Sommerhemd, die jahrzehntelang erprobte schwarze Leinenweste und niedrige schwarze Cowboystiefel, die schon so weich wie Handschuhe sind. Ihrem Körper sind Gesten der Verführung und des Anbietens eingeschrieben, eine angedeutete Verbeugung, in der sich Bitte und Aufforderung in den Armen liegen.

Galant hält sie die Autotür auf: *What would you like to eat?,* sehr gut italienisch oder sehr gut vietnamesisch?

Schätze und Ungeheuer. Die Nacht ist schwül, feuchtheiß gewesen. Du möchtest im Sehschlitz am unteren Rand der Augenbinde bis zum Atlantik fahren, in Forillon am rosafarbenen Meer der Lichtnelken vorbei zur Bucht hinabgehen, warten, bis der schwarze Kopf eines Seehundes an der Wasseroberfläche auftauchen wird

Wenn die schockgefrorenen Momente auftauen, kommen alle Einzelheiten der ersten Sekunden und Tage zum Vorschein, das Blut fließt durch die Adern, als sei nichts gewesen. Was im Schock separat konserviert worden ist, bleibt separat, unbeschädigt erhalten

Vos os font-ils mal?

Krebsstationen und Brustzentren sind frisch gestrichen, pfirsichfarben, aprikosenfarben. Im restlichen Krankenhaus blättert die Farbe von den Wänden wie in den Wartezimmern und Wartesälen, die du vor drei Jahren aufgesucht hast, als man dich für das Einwanderungsverfahren auf Herz und Lunge prüfte

Are you a refugee? fragt die Sekretärin bei der Anmeldung für die amtsärztliche Untersuchung

Nein? Kein Flüchtling? *Then you have to bring 115 $ cash*

In jedem Wartesaal dasselbe Völkergemisch, Dutzende von verschiedenen Sprachen, von Haut und Haar, von Kleidung, Gewändern, von Gesichtern, die Hoffnung, Erschöpfung, Anspannung, Unternehmungslust widerspiegeln

An jedem Schalter wirst du mit strahlendem Lächeln begrüßt: Sie sind hier zum Lunge röntgen, Blut abnehmen, für eine Urinprobe? Mögen Sie Québec? Mit eingezogenem Nacken wartest du auf den Schlag, auf eine barsche Anrede, eine Abfuhr, wie du es in deiner Kultur gelernt hast. Der Schlag fällt nicht. Fünf Jahre lang wirst du als *nouvelle arrivée,* als eine, die gerade angekommen ist, gelten. Das wird mit: So kurz erst! kommentiert und: Gefällt es Ihnen bei uns?

Die langen Krankenhausflure sind vom Boden bis zur Decke in hellgrüner oder beiger Ölfarbe gestrichen. Es riecht nach Desinfektionsmitteln, nach Krankheit, Ausdünstungen und, wie in den Fischgeschäften und U-Bahnhöfen, nach Javelwasser. Das Mobiliar ist alt, fünf Schichten Farbe auf Holzschränkchen, abgeplatzte Ecken an Metallschränkchen, Tischen, Nachttischen. Laken, Handtücher fadenscheinig, *thread-bare,* fadenbloß. Allenthalben wird übermalt, überklebt, mit Klebebändern zusammengehalten

Warum sind Sie zu mir gekommen? Die polnische Amtsärztin sieht dich erstaunt an. In ihrem Wartezimmer hast du kein Völkergemisch angetroffen, alle sprechen polnisch. Du hast ihren Namen aus einer Liste von italienischen, spanischen, griechischen, chinesischen, anglophonen und frankophonen Namen ausgesucht, weil sich ihre Praxis neben einer Bibliothek befindet, in der du zu tun hast. Im Wartezimmer steht neben dem Garderobenständer mit den leicht verbogenen Drahtkleiderbügeln der Winterkorb mit gehäkelten und gestrickten Pantoffeln bereit und anderen aus Papier, die meist beim Hineinschlüpfen zerreißen. An der Wand neben dem Eingang hängt ein handgeschriebenes Schild mit der Aufschrift: *S.V.P. enlevez vos caoutchoucs! Please take your boots off!* Später im Winter werden auf dem abgewetzten Teppichboden Straßenkies und zerfließende Schneeklümpchen herumliegen, und man wird auf dem Weg zum Sprechzimmer nasse Füße bekommen

Das *breast center* ist hell, begrünt, bebildert. Die Schwestern sind freundlich, sanft, besorgt. Man muß etwas gegen Brustkrebs tun, die Zahlen sind alarmierend, man weiß, daß Frauen im Schock erstarren, wenn das Wort fällt, daß sie dazu neigen, nicht rechtzeitig zur Biopsie und Weiterbehandlung zu erscheinen, man muß sie liebevoll behandeln

Die Krankenschwester im Untersuchungszimmer versichert dir, daß alle sagen, es tue nicht weh. Es tut weh, sagst du. Es brennt, wenn das Stanzgerät zum erstenmal in die Brust stanzt. Der Arzt fährt mit dem Cursor in der rechten Hand auf einer mit Gel beschichteten, vereisten Brust herum, während er geradeaus auf den Bildschirm starrt, auf eine Landschaft mit hohem Wellengang, durch die sich jetzt eine lange Nadel einen Weg bahnt, steckenbleibt, verharrt, weitersucht, als taste sie sich ohne Kompaß durch unbekannte Gewässer auf der Suche nach einem Zellhaufen, um nach ein paar Zellen zu fischen

Vos os font-ils mal? fragt er beiläufig, kaugummikauend. Haben Sie Knochenschmerzen?

Stiche und Druckgefühle in der Brust, da ist eine Anwesenheit. Was ist es? Winzige Krällchen, die ziepen und sich festhaken

Ist es Krebs? fragt man ins Dunkel hinein. Eine Person hastet mit Lou die Krankenhausflure entlang, die andere will ungestört weiterleben, hören, es sei nur ein Fibrom und werde sich von allein zurückbilden

Der Arzt weicht aus, er könne keine Diagnose stellen, er sei kein Pathologe. Wieso also fragt er nach Knochenschmerzen, warum diese beiläufig gestellte Frage, die mitten ins Mark trifft, während du seitlich auf der Untersuchungsliege ausharrst, die dir sofort wie eine Totenbahre vorkommt. Breitet sich der Krebs bereits bedrohlich aus, greift er nach allem, dessen er habhaft werden kann, kann es sein, daß bereits die Knochen befallen sein sollten?

Es kommt vor, daß du keine besondere Technik anwenden mußt, um leer zu werden. Du brauchst nicht Gedanke! murmeln, sobald ein Gedanke auftaucht, um diesen loszuwerden, du brauchst nicht daran zu denken, die Gedanken vorbeiziehen zu lassen wie Wolken am Himmel, ohne eine Wolke lieber zu mögen oder mehr zu fürchten als eine andere. Der Augenblick hat die anhänglichen Gefühle, die Gedanken, die Erleuchtungspfade bereits verschluckt, und du stehst lautlos da, hell gebleicht, als hättest du Wochen in einem Ameisenhaufen verbracht

Haben die Krebszellen deinen Körper überschwemmt? Wandern sie unbesehen überall ein, in Lunge, Leber, Knochen, Hirn? Was ist es, das in dir gewachsen ist, warum hast du nicht gemerkt, daß sich ein Knoten bildet, zu dem du augenblicklich Fremdkörper sagst?

Der Fremdkörper zieht bereits einen ellenlangen Schweif nach sich, Ärztinnen, Ärzte, Krankenschwestern mit vorsichtigem Tonfall, Märsche durch endlos lange Krankenhausflure zieht der Fremdkörper nach sich, hellblaue und hellgrüne hinten offene Nachthemden, tastende Hände, die übrigens immer weich sind und warm, erstaunlich, denkst du, wieviel Paar Hände erst die eine, dann die andere Brust innert kurzer Wochen abgetastet haben, während die tastende Person den Kopf zur Seite geneigt oder nach oben gedreht hält, als lauschte sie auf eine Botschaft aus dem Inneren des Berges in jene Dunkelheit hinein, die Schätze und Ungeheuer birgt

Neue Abzählreime drängen sich dir auf: Lunge, Leber, Knochen, Hirn. Du ballst eine Hand zur Faust, um den Tränen Einhalt zu gebieten, während du auf dem Untersuchungstisch liegst, dein Körper, denkst du, hat dich im Stich gelassen, in einem fremden Land besorgten Blicken ausgesetzt, während ungebetene Wörter danach heischen, in deinem Leben zugelassen zu werden, Biopsie, Knochenschmerzen, Zellproben, Sichtkontrolle, Ultraschall, Operation, bösartig, allen voran das Wort bösartig

Das ist grüner Schnee. Eben noch hast du mit Lou Stadt Land Fluß gespielt, Montréal, Québec, St. Laurent. Im Schlaf gleitest du mit ihr über die Stadt und den Strom, sie zeigt dir die Brücken, verschiedene Regionen im Norden, im Süden, Bergzüge, die Laurentiden, die Apalachen, die ältesten Gebirge der Erde, flüstert sie dir ins Ohr. Du schwimmst mit ihr durch die Luft, überland, während unter der dichten Decke der Wälder die Schwarzbären ihres Weges ziehen, sechzigtausend in Québec, flüstert Lou, oder fünfundsechzigtausend, weiter nördlich siehst du den Kahlschlag, gigantische Flächen, abgeholzt, dazu die Seen, abertausend Seen in allen Größen, alle sehr schön von Bäumen und Unterholz eingefaßt, als seien sie grün behäkelt und gesäumt, in einem verwüsteten Gebiet voller Baumstümpfe, wegen der Touristen, flüstert sie, einen Meter grünen Rand um die Seen, so sehen die Touristen den Kahlschlag nicht, wenn sie im Kanu in den Sonnenuntergang hineinpaddeln

Die Einwohner von Maconda sind im Laufe ihrer *Hundert Jahre Einsamkeit* eines Tages von einer Krankheit befallen worden, mit der der Verlust des Gedächtnisses einherging. Deshalb haben sie, gerade als sie merkten, was mit ihnen geschehen würde, an alles Zettel geheftet. Das ist ein Tisch, steht auf dem Zettel am Tisch, das ist ein Haus, das ist eine

Kuh, und bei der Kuh hat jemand weiter geschrieben: »Sie gibt Milch. Wenn man sie mit Kaffee vermischt, bekommt man Milchkaffee.« Du hingegen heftest in Gedanken Zettel an alles, was du nicht weißt, was du nicht kennst und somit noch nicht vergessen kannst

Wo ist? fragst du: Wo ist, wie komme ich dorthin, wo finde ich, wie buchstabiert man das, kannst du das bitte wiederholen?, welche Metro, welche Subway, was ist das, *La Sala Rossa, au Gésu?*, was heißt CBC, PBS, RDI, BNC, UQUAM, UDM, Berry UQAM, wo melde ich ein Telefon an, wie bekommt man eine Verbindung, welche Nummer hat, wie bekomme ich eine *assurance sociale, assurance maladie,* einen *permis de conduire,* wo schaut man nach, was war, warum 1534, 1759, 1837, 1970, 1981, 1990, 1995?, was geschah damals, wer war das?

Wenn du die aufgenommenen Telefonanrufe abhören willst, mußt du *star ninety-eight* wählen, *étoile quatrevingt-dix-neuf,* dann den *code* eingeben, *le mot de passe,* vier Zahlen oder vier Buchstaben, dann wählst du die 11, um neue Nachrichten oder die 1, um die gespeicherten abzuhören. Wenn du eine Nachricht nicht zu Ende hören willst, tippst du 33, wenn du sie speichern willst, mußt du 9 drücken, zum Löschen die 7, wenn du sie jemand anderem senden willst, die 8

Du bist die einzige andere, zu der sich die Köpfe der Einheimischen umdrehen, freundlich, fürsorglich, hilfsbereit: Kennst du diesen Ausdruck?, dieses Wort? Weißt du, was die Stille Revolution ist, *la révolution tranquille? Vatican deux,* die Ära *Duplessis,* die Oktoberkrise? Wer *Jeanne Mance* war?, *les filles du Roy?, Chantal Daigle?, la loi 101?* Welche Dichterin *Speak White!* geschrieben und öffentlich vorgetragen hat? Wann das letzte Referendum für die Unabhängigkeit Québecs war? In welchem Jahr die Inschrift: *Le mépris n'aura qu'un temps, avortement libre et gratuit!* in roten Lettern am *Oratoire St. Joseph* prangte?, aus welchem Anlaß? Weißt du, wo sich das *Oratoire St. Joseph* befindet?

Über Monate, länger als ein Jahr, will es dir nicht gelingen, dir Namen von öffentlichen Personen zu merken, von kulturellen und politischen Ereignissen, von Leitartikeln, Glossen, dich überhaupt für eine Tageszeitung zu entscheiden, französisch oder englisch, du, die du schnell überall zu Hause, im Handumdrehen informiert bist

It is because you want to belong, sagt Lou

Die Einheimischen haben alle Worte in einer ihrer Sprachen zur Verfügung, manchmal sogar in zweien. Sie sind nicht immer aufgelegt zu warten, bis eine Hinzugekommene Worte gesucht, gefunden, zusammengeklaubt hat. Sie sind nicht geneigt, ihre Anekdoten, Episoden und Geschichten zu unterbrechen für eine, die andere Akzente, andere Betonungen setzt, durch die sich das heimelige Gefühl einer Gruppe verändert, weil sie im Laufe eines Abends zusehends hinterherhinkt, ihr Gesicht verrutscht, abflacht. Das arglose Dahinplätschern, die Lust am Reden um des Redens willen verwandelt sich in Lärm. Deine Ohren schmerzen, als kratze jemand mit einem Metalllöffel in einem Metalltopf herum

Nous avons de la difficulté d'établir la communication que vous avez choisi. Décrochez et composez de nouveau. C'est un appel enregistré

Das ist das... das ist das... man macht das damit... das ist eine Bagel factory, sie hat 24 Stunden, sieben Tage in der Woche geöffnet, das bedeutet die Aufschrift 24/7 an Geschäften, *twenty-four seven,* sagt man, der ganze Kontinent, die Wirtschaft, das Durchkommen, der Erfolg basieren auf *twenty-four seven*

Ein Schlagloch ist ein Hühnernest, ein *nid-de-poule* oder ein *pot hole*. Die Straßen sind holperig, *bumpy,* ein Flicken neben dem anderen buckelt sich hoch, dazwischen sammelt sich Regenwasser an. Das sind große Eisenplatten, mit ihnen werden die gröbsten Löcher behelfsmäßig zugedeckt. Das ist die Operation Hühnernester. Ende des Winters, von Anfang März bis Anfang Mai stückelt man die gelöcherten Straßen zu. An den Reparaturfahrzeugen steht *opération nids-de-poule.* Das ist eine Plastikfolie innen an einer Fensterscheibe. Man spannt sie bei großer Kälte während der Wintermonate auf. Das ist ein Fenster, das man von Dezember bis April nicht öffnen kann

Dann schäumen die Ahornbäume mit gelbgrünen Kugelblüten über den dreckigen Straßen auf, dann kommt ein Frühlingsregen, und es schneit grünen Schnee. Das ist grüner Schnee, das sind Monster von Lastwagen, die einen transportieren weißen Schnee ab, die anderen die abgebrochenen und gehäckselten Äste der Ahornbäume. Das ist Vorfrühling im April in Montréal. Das sind *moustiquaires, screen windows,* ein feinmaschiges Netz zwischen Innenraum und Außenwelt. Auf dem Land muß man sie von April bis Oktober anbringen, sie halten die Insekten, die wildwüchsige Natur in Schach. Das ist der Abend auf dem Land. Man sitzt bei geöffneten Fenstern im Zimmer, man hört, wie die Froschkonzerte den Raum zwischen Himmel und Erde vibrieren lassen, hohl und tief bellende Balzrufe der Eulen aus dem Wald. Man hat sie zuerst mit dem Bellen der Rehe verwechselt. Das ist das Geheul der Kojoten. Man kann nie, niemals im Sommer den Kopf, eine Hand zum Fenster hinausstrecken, nicht klar sehen, nie die Abendluft, das Abendlicht durch alle Fenster hereinströmen lassen, man sieht, daß zwischen den Augen und den Bäumen eine abdunkelnde Schicht eingefügt ist

Man *muß die Himmelsrichtungen kennen.* Wenn man nachts aufwacht, sagt man: Ahuntsic, Hochelaga, Kouchibougouac, Chicoutimi, Abitibi, Tadoussac, *to go to Oka*

Du hast dir Etliches zurechtgezimmert, einige Routen zu Fuß, mit der Metro, mit dem Fahrrad, du fährst Auto. Wenn man Auto fährt, kommt man in Nordamerika an. Man muß die Himmelsrichtungen kennen, wenn man auf Straßen fährt, die nur Nummern haben, beispielsweise 243 North oder 112 East. Wenn man jemanden besuchen will, muß man einen Zettel mit der Wegbeschreibung bei sich haben und sie laut aufsagen, man muß sie bereits aufsagen können, bevor man losfährt, man weiß die Himmelsrichtungen noch nicht im Körper, man bewahrt die Zettel jahrelang auf

To go to Oka
from Marché Jean-Talon:
Jean Talon left
St. Laurent right
up to the 40 (after funny church)
take 40 WEST (Blvd. de l'Acadie)
and take 15 IMMEDIATELY
STAY RIGHT
follow signs for Mirabel airport
stay in middle or left lane til

640 WEST to St. Eustache
take 640 to the end then
344 OUEST to OKA

Du bist auch schon mit Lou im Auto nach New York hinuntergefahren und hast dir gesagt, das ließe sich also machen, ungefähr so wie man von München nach Berlin fährt, nur ist unterwegs alles ganz anders, natürlich, durch die Adirondacks hindurch, durch Vermont hindurch, alles weit, groß, verträumt und schön, die Highways weitgehend leer, oder es ist so weit wie von München nach Neapel, nur, wer fährt schon mit dem Auto von München nach Neapel? Jetzt aber entgleitet dir alles, das Manuskript, der Sommer, das Leben. Ich weiß den Text nicht mehr, denkst du, betäubt, wo bin ich stehengeblieben, was ist gerade dran? Warum ist keine Souffleuse da, die mir ein Stichwort eingibt, mir sagt, wie es weitergeht, weitergehen könnte? Aufbegehren, aufstampfen, klagen, mit den Fäusten gegen Tür hämmern, Kopf gegen Wand, kein Buch. Notizen. Leben. Tod. Körper

Gerade noch glücklich gewesen, denkst du weiter, die Faust mit aller Kraft in die Untersuchungsliege pressend, kann ein Mensch überhaupt so glücklich sein, wie ich es gerade gewesen bin? Allein in einem Schreibstudio, zwei Arbeitstische, Oberlicht, ein Holzofen, gerade noch hast du geschrieben, da, ein Nest unter dem Dach mit fünf Fliegenschnäppern, die sich jeden Tag mehr aufplustern, die fast flügge sind, denen die Eltern noch den Schnabel stopfen und die weiße Scheiße aus dem Arschloch ziehen, die den Rachen aufsperren (und plötzlich trotz ihrer Flauschigkeit wie hackende Raubvögel aussehen), aufgeregt mit den Flügelstummeln schlagen, die sich bereits makellos auffächern, während die roten Eichhörnchen die Baumstämme auf- und abflitzen und ein schwarzweißer Kater, den die Nachbarn mit Füßen treten, flach durchs Gras schleicht

Ein Stichwort kommt zurück und noch eines, schreiben, Sommer, schreiben, Migration, Weiterziehen, weiter im Text, anstatt dich durch die Finsternis einer Krebsbehandlung zu tasten, nur den flügge werdenden Vögeln zusehen, wie sie ihren Anspruch auf ein ganzes Leben flügelschlagend gestikulieren, auf Sommer, sich satt essen, auf Hunderte Kilometer Flugroute, nur eine Woche länger nur dem Rauschen der Bäume zuhören, morgens mit der ersten Tasse Kaffee auf einer Holzstufe sitzen, über Frage Nummer fünf nachdenken

Flüsse kommen auch vor. Wenn eingesessene Québecerinnen spüren, sagt Lou, daß von Europa eine Fremdschläferin unterwegs sein könnte, werden einige von ihnen unruhig, halten die Nase in den Wind und sagen: Wir sollten ein Haus an einem See herrichten. Möglichst zu einer Jahreszeit, in der man noch schwimmen kann, doch nicht mehr zu sehr von Mücken geplagt wird, am besten vom Spätsommer bis in den Oktober hinein. Dann werden die Farben in den Wäldern aufflammen, das hinterläßt auf Fremdschläferinnen einen bleibenden Eindruck. Günstig ist außerdem, wenn noch andere Liebende unter dem gleichen Dach wohnen, die das Glitzern vor dem Fenster, das sie vom Arbeitstisch ans Wasser lockt, bereits kennen. Wie oft haben sie den Geruch des Windes an ihren Armen ins Haus zurücktragen! Sie haben das Haus in jedem Zimmer eingelesen. Wenn sie zu Bett gehen, lassen sie neben jedem Sessel, unter jeder Leselampe Bücher zurück. Abends gehen sie mit dem Feldstecher den Rufen der Vögel nach. Sie kennen das Licht ihrer Liebesstunden am Morgen, am Nachmittag, am Abend. Sie haben ihren Schlafplatz eingeschlafen. Nachts träumen sie vom Haus, das seinen Traum weiterträumt, wo immer es hingestellt wird. Behaglich ausgestattet, träumt es davon, daß alle, die in sein Inneres einziehen, *will indulge in it,* genüßlich ihren Neigungen nachgehen werden

Dieses Haus, sagt Lou und dreht sich, einmal in alle Richtungen zeigend, um sich selbst, ist erst vor kurzem in Québec angekommen und direkt an einem See östlich von Montréal, *dans les cantons de l'est,* abgesetzt worden. Die Besitzerin hat es woanders eingekauft, dann umsiedeln lassen, dann für kurze Zeit vermietet

Das Licht im Haus träumt im Wohnzimmer den Traum vom weichen Licht, das den Raum in der Schwebe hält. In den Körpern beginnen die Gelenke den Traum von den Gelenken zu träumen, die sich unmerklich dehnen, deren Fugen zu vibrieren anfangen und dann wieder in den Schultern, den Ellenbogen, den Händen, den Hüften, den Knien, den Füßen ruhen

Lou zeigt dir das Zimmer zum Essen zum Wohnen zum Schlafen zum Baden zum Duschen. Im Bad zieht man sich aus, im Eßzimmer geht man zu Tisch, im Salon lehnt man sich am Feuer zurück, Chintz, denkst du laut, ist das Chintz, dieses Geblümte ringsum bis zum Boden, um Sessel und Sofas, so amerikanisch. Du befindest dich in Québec, an einem offenen Kamin, in dem man Polenta kochen könnte, an einem langen schweren Eßtisch aus dunklem Holz, in einem Raum, dessen Licht vom Blattwerk der Bäume aprikosenfarben gelb lachsfarben gefiltert wird

This way, sagt Lou und hebt zu einem Singsang an, der als Immigrations-Singsang bekannt ist, eingestreute Fragen, Kürzel, Hinweise, Erklärungen, die die Alltagssprache durchziehen, erweitern und verengen: *This way, that way* oder: *Do you know? (This, that, how?)* HERE, HERE, THERE, THERE oder: *Here you are,* oder: *There you go*

Das Haus ist auf alt hergerichtet, man könnte meinen, in Italien zu sein, und doch ist es nicht Italien. Alt ist hier allenfalls das, was die Eroberer, die ersten Siedler mitgebracht haben, wenn sie wohlhabend gewesen und mit Truhen und Schränken gereist sind (man hat hier keine Truhen und Schränke, sagt Lou, sondern *closets, garderobes,* Wandschränke *for the time being,* bevor man weiterzieht). Alt ist etwas, das jemand aus Europa mitgebracht, oder etwas, das jemand von hier etwas Europäischem nachgebaut hat, es gibt Schränke Kommoden Truhen, die einhundert, zweihundert Jahre alt sind oder noch älter. Das Hiesige hat sich vermischt mit den Erfordernissen des Tages, mit Schnelligkeit, Zweckmäßigkeit, einem neuen Umsiedeln, wieder Tausende Kilometer in diesem Kontinent, so weit wie von Europa hierher. Den Möbeln, auch wenn sie schwer, alt und wohlproportioniert sind, haftet etwas Robustes an, eine Vereinfachung. Riegel, Holzriegel halten eine Tür ebensogut zu wie Schlüssel und Schloß, lassen einen Spalt, eine Ritze offen, die Bretter im Innern sind vielleicht nicht ganz abgehobelt, erfüllen jedoch ihren Zweck. Man hat Dringlicheres zu tun gehabt, roden, roden, roden, Straßen bauen, Brücken bauen, Banken gründen, aber jetzt sagt Lou: Hier ist meine Dusche, *feel free to share it with me*

Die Dinge spielen sich in Augenhöhe in Brusthöhe in Hüfthöhe in Reichweite in Armeslänge in Handnähe ab. Im Badezimmer schaut man nicht Möbel oder Bücherregale an, während die Intimität des Raumes dichter an einen heranrückt, eine unsichtbare Hülle bildet, eine einreißende Hülle, du trittst unruhig von einem Fuß auf den andern, während Lou Tiegel und Fläschchen verrückt, eine Dose mit Gesichtscreme vom Regal nimmt, weiterspricht, etwas über die Creme sagt, daß sie sie mag, *very nice,* vielleicht würdest du sie auch mögen?

Du fühlst dich an deine feministische Kindheit erinnert, als man eine große Familie gewesen ist und von einem Land ins andere per Telefon sagen konnte: Isabelle oder Babette oder Anna hat mir eure Telefonnummer gegeben, ich bin auf Reisen, könnte ich bei euch übernachten? Und Susan oder Kay oder Mabel am anderen Ende der Leitung sagte: *Sure,* immer *sure,* auf jede Anfrage, klar, natürlich, alles ist machbar, der Schlüssel ist unter dem Blumentopf linkerhand rechterhand, du gehst die Treppe hoch, linkerhand rechterhand ist das Gästezimmer. Fühl dich wie zu Hause. *Make yourself at home*

Deine Augen ziehen mit den Lichtbahnen mit, die sich durchs Wohnzimmer bewegen, einen alten Tisch am Fenster erreichen, über Skizzenblöcke, Pinseln, Farbtuben, Wörterbücher, Cathérines Kopf vor dem Bildschirm wandern, dann zu Nicole hinüber, vor einem zweiten Bildschirm, über mehr Bücherstapel, Wörterbücher, bedrucktes Papier

Eifrig, überschwenglich geht Lou neben dir her durch ein Haus, in dem auch sie zu Gast ist, immerzu auf Dinge zeigend. Ihre Habseligkeiten sind in ein paar Kartons untergestellt. Hier sind meine Wege und Stege, hier geht es zum See, fährt sie in ihrem Singsang fort, hier ist mein Auto. Sie kann dir weder eine eigene Behausung noch Besitztümer zeigen, nur sich, das Land, Fortbewegung

Während Lou spricht, gerät alles in Bewegung. Fußwege ziehen sie in das dämmerige Innere der Wälder hinein, führen sie in die Irre, spucken sie nach Stunden wieder aus. Auf jeder Wanderung, sagt sie, halte sie plötzlich vor einer Abzweigung, vor einem Felsen, der ihr die Sicht versperre, voller Erwartung an, weil sie hoffe, dort, nach der nächsten Biegung, säße mitten auf dem Weg ein Wolf. Ihre Lippen geben zwei Reihen wohlgeformter Zähne frei, die dazu da sind, aufzublitzen und zu glänzen. Ein Lachen steigt aus ihrem Körper auf, gurgelt, perlt in ihrer Kehle hoch, rollt in ihren Rumpf zurück, steigt wieder auf, du neigst dich etwas mehr in ihre Richtung, um näher an diesem auf- und absteigenden Lachen zu sein. Du spürst, wie es bis zwischen ihre Hüften hinabfällt, dort hin- und hergerollt wird, bevor es wieder aus der Kehle aufsteigt, bereits so nah an deinem Ohr, daß du einen Schritt zur Seite machen mußt, dir ist heiß. *Le Fleuve,* sagt sie gerade, sie spricht von Bewegungen überland, davon, was sie dir alles zeigen könnte, am St. Laurent entlang. Es gibt nur diesen einen Strom, sagt sie, wir nennen ihn *le Fleuve,* sie sagt, man kann sehen, wo Süßwasser und Salzwasser aufeinandertreffen und sich miteinander vermengen, sobald die Gezeiten vom Atlantik her an ihm zu ziehen beginnen. Das Wasser sei dort aufgewühlt, weder blau noch grün

Unwillkürlich hebst du die Arme an, als möchtest du etwas willkommen heißen, an dich ziehen. Innen in deinem Rumpf spürst du eine Geschmeidigkeit, die sich zu einer biegsamen Säule aufbaut. Als begännen deine Hände, aufgeregt und verlegen zu lachen, flattern sie aus dem Luftraum zu dir zurück. Eine Hand streift Lous Rücken, Lous Arm hebt sich an und legt sich kurz um deine Schultern, eine Erleichterung nimmt sich Raum, entweicht mit tiefem Aufseufzen, Arme und Beine verheddern sich, als wollten sie zu hüpfen oder zu tanzen beginnen. Die Körper streben unschlüssig in verschiedene Richtungen auseinander, als wüßten sie nicht mehr, was sie mit sich allein anfangen sollten. Vor dem Fenster glitzert ein See, ein Québecer See. Immer ist ein See da, und ein Wald, es gibt nichts anderes. Flüsse kommen auch vor. HERE, *a screen veranda,* mit Wänden aus Fliegendraht, die sich wie eine Riesenvolière über die Breite des Hauses erstreckt. Man ist arglos, unbeschwert im Haus am See, das im nächsten Augenblick weiterverkauft werden wird, in dem man sich nur vorübergehend ausbreitet, die Badeanzüge, die Handtücher in der Riesenvolière zum Trocknen aufhängt, jederzeit die zehn Schritte zum Wasser gehen und darin eintauchen kann. Kiefernnadeln und winzige Steinchen drücken sich bei jedem Schritt in die Fußsohlen

Man spielt Im-Haus-am-See-Wohnen. Wie im Märchen öffnet man Schränke, Schubladen, Spinde und sieht, alles ist in Hülle und Fülle vorhanden, Teller Tassen Schüsseln Krüge Töpfe Gläser Löffel Messer Gabeln Servietten Tischtücher Leintücher Bettbezüge Kissenbezüge Handtücher. Das Haus ist mit vollen Eingeweiden umgesiedelt worden. Nur den Tisch deckt man selber und trägt die selbstgekochten Speisen auf. Im Augenwinkel nimmst du einen Lidschlag zwischen Cathérine und Nicole wahr, ein Falter, der sich in der Sonne niedergelassen hat, seine Flügel öffnet und schließt, einatmet, ausatmet, verstohlene Verständigungen, die dich im Hinblick auf Lou betrachten, abwägen, diskret wegschauen

Out of nowhere beginnt ein neuer Text, der nicht gesprochen, nicht geschrieben, nur eröffnet wird, in den man hineingeht, so wie man nachmittags ohne einen Faden am Leib in den See hineinwatet. Man tastet mit den Füßen auf dem sandigen Grund, den man noch nicht kennt, nach Steinen und Ästen, bevor man in eine Sprache eintaucht, in der man Wasser versteht. Auf dem Rücken liegend, treibt man dahin, man küßt mit den Brüsten den gewölbten Himmel. Wasser, sagst du, es schickt kleine Wellen weiter. Die Verbindungen in den Gelenken sinken tiefer in ihren Traum ein, in dem sie träumen, nicht mehr in ihren Haltungen verharren zu müssen

Plötzlich steht man sich gegenüber. Man weiß nicht, wie man gegangen ist, um bis zu dieser Stelle zu gelangen. In der zundertrockenen Hitze dehnt sich das Harz der Kiefern aus. Der Kiefernduft lullt einen ein. Man spürt, wie sich die Körper der Hitze, der Stille angleichen. In der Stille möchte man alles in eine Hand legen, die Finger spreizen, schließen, jede Fingerkuppe einzeln weichkneten, glattpolieren. Man spürt, wie sich Speichel im Mund ansammelt, wie Schweißtropfen aus allen Poren austreten, wie sie mit Tropfen Schleim und Feuchtigkeit zwischen den Schenkeln zusammenfließen. Man hat das Gefühl, im Körper schäle sich ein anderer Körper heraus, drücke von innen nach außen gegen vertraute Umrisse. Ein Tropfen Kiefernharz wird flüssig, schliert an der Baumrinde hinab, bleibt stehen. Die Stille löscht alle Gesten aus

In welcher Sprache soll es weitergehen? *Completely alien, newborn, illiterate,* vollkommen fremd, neugeboren, ungebildet, eine Analphabetin, so betrachtest du die schöne Fremde. *What language?* fragst du lautlos, als werde man alles, was man miteinander tun wird, zum ersten Mal im Leben tun. Das Begehren zu verführen mischt sich mit der Sehnsucht, sich selbst für eine Verführung anzubieten. *What language?* echot Lou, als frage man bereits in alle Öffnungen des Körpers hinein *this language?, this tongue?*

Ist es das Herz oder sind es die Arme, die noch nicht wahrnehmbar eine Geste einleiten? Man hat alle Sinne, das ganze Leben in beiden Händen gebündelt; so trägt man sich hin. Man weiß nicht, wohin es geht, man hält sich in beiden Händen. Man muß sich ein paar Schritte vom Ufer entfernen, sich im Wasser hinsetzen. Wie lauten die Fragen? *Will you stay? Will you go away?* Unbemerkt wandern sie in deinen Text ein. *Will you be happy, will you be sad?,* legen sich um ein Fußgelenk, einen Nacken. *Will you be longing, will you belong?,* lösen sich auf, nisten sich wieder ein. Liebesblindheit verlangt es nach Berührung. Schultern Arme Handgelenke Hände Füße Knie Hüften wollen umfassen, drehen, wenden, umschließen, freigeben. Sie lassen nicht zu, daß man sich hinsetzt und wartet, abwartet, einander in Augenschein nimmt, sich darbietet, so wie Lou heute früh im Sessel neben dem Bett Platz genommen hat und mit dir in dem Bild sitzt, das du betrachtest

Heute bin ich nicht schwimmen gegangen. Noch dort im ersten Untersuchungszimmer verändert sich das Paar, noch während die Krankenschwester freundlich erklärt, daß man sie jederzeit anrufen könne, auch abends, auch am Wochenende, ist das Paar ganz ungleich geworden. Die eine trägt einen hellblauen oder hellgrünen, hinten offenen Kittel, die andere nicht, zur einen sagt die Krankenschwester: »Sie haben einen karzinogenen Tumor, Krebs ist eine lebensbedrohliche Krankheit«, zur anderen nicht. Sechs Stockwerke unter dem Fenster braust der Lärm der Stadt, die Göttin ist aus der Dusche getreten, hat sich abgetrocknet, bereitet ihren göttlichen Tee zu, Chantal, Ariane, Melanie, Helena warten auf Nachricht, so wie Freundinnen in den *vieux pays* auf Nachricht warten würden

Du suchst in deiner Handtasche nach einem Zettel, auf dem du notieren könntest, was die Krankenschwester sagt, dein Blick fällt auf die Fotografien eines Sommertages, leuchtendes Blattgrün mildert das blendende Licht, legt einen Weichzeichner auf bloße Arme, Beine, lachende Gesichter um den Holztisch unter einem Ahornbaum. Chantals kurzes glattes Haar, Helenas Locken leuchten hervor. Lucille und Marcel gehen reihum und suchen sich in ihrem fünfjährigen Universum eine Familie zusammen: Wir brauchen noch eine afrikanische Großmutter, einen afrikanischen Großvater, eine Tante aus Haiti, einen Vater aus Frankreich, eine Mutter aus Québec. Du siehst sie barfuß vor einer Wiese stehen und die Überfahrt nach Afrika diskutieren, beide in bunte Tücher gehüllt, mit Turbanen auf dem Kopf. Zwanzig Schritte trennen sie noch vom Schiff, einem ausrangierten Traktor, da taucht vor ihren Füßen im Gras ein unüberwindbares Hindernis auf, eine Biene

C'est un cancer. Die Fremdsprache schafft diesmal keine schützende Distanz, der Satz trifft mitten ins Herz. Es setzt aus. Setzt wieder ein, hämmert, beginnt zu rasen, während dir die Tränen in die Augen schießen, während du immer noch nein, nein, nicht wahr, kann nicht sein, denkst und das Gegenteil hören willst über den hellen Fleck im Dunkeln, wo kein Stern strahlen dürfte mit ausfasernden, ausufernden Rändern. Einige winzige Fibrome daneben, auch krakelig, aber eindeutig abgegrenzte Formen. Sterne gehören ans Dunkel des Himmels geheftet, nicht ins Universum der Zellen

Drei Tage und drei Nächte weint man, von Schluchzen geschüttelt, langgezogenes Heulen wie von einem Hund

Jede Brust ist in vier Quadranten aufgeteilt. Auf diese wird die gestundete Zeit projiziert. Ein Tumor befindet sich gleichzeitig in Raum und Zeit an einem Ort, der mit einer Uhrzeit angegeben wird, beispielsweise an der fünf-Uhr-, neun-Uhr- oder zwei-Uhr-Markierung. Der Tumor verrückt Blickwinkel, Gesten, Präsentationen. Eine von zwei Brüsten ist für die Geliebte kein Spiegel mehr. Wie sollte sie diesem Spiegel trauen?

Du denkst von fern über dich nach. Das Ich ist mit der

Zeit, die flachgefallen ist, auch flach geworden, zweidimensional, ein Schattenriß. Die Umarmungen an den Innenseiten der Arme und Beine verblassen, verlieren an Form, Substanz, Verlangen. Du brauchst Berührung, keine Berührung, andere Berührung, du brauchst ein Zimmer für dich allein. Im nachhinein weißt du, warum du dich im ersten Schrecken verkrochen hast, warum du den ganzen Abend, die ganze Nacht nichts hast verlauten lassen

Im nachhinein beginnt die Geschichte so: Heute bin ich nicht schwimmen gegangen. Ich bin aufgewacht, und alles ist mir siedendheiß wieder eingefallen. Ich habe Angst gehabt, hundskommune Angst, etwa so, wie wenn man das Gefühl hat, nicht genügend auf ein Examen vorbereitet zu sein und stümperhaft an eine Sache heranzugehen. Oder die Angst rührt daher, ganz kindisch natürlich, daß man meint, man habe etwas ausgefressen und müsse jetzt einiges einstecken, Vorwürfe, Beurteilungen, Strafen, Blamagen, Lächerlichkeit, all das wäre jedoch nicht weiter schlimm. Hinter den Wörtern, den gefühlten Wörtern, steckt die eine wirkliche Angst, ausgeliefert zu sein an eine Übermacht, gegen die man nichts ausrichten kann, die mitten im Leben einfach Hand anlegt

Ich habe mir also einen Ruck gegeben und gesagt: Lou, ich glaube, da ist etwas in meiner Brust. Und schon ist die Katze aus dem Sack. Jetzt ist nicht nur etwas in meiner Brust, sondern auch die Katze aus dem Sack, dergestalt ist die Macht der Worte, die man in der Kehle zurückhält oder aus dem Mund entläßt. Nicht wahr, man weiß es ganz genau. Wenn man hört, daß die eigene Stimme mitten in den

Raum stellt, was man eben noch für sich behalten hat, dann hockt das Ding mitten im Raum, klobig und unbehauen, und ist nicht mehr aus der Welt zu schaffen

Nicht nur, daß etwas im Raum hockt, das vorher nicht dagewesen ist, nach dem niemand gerufen hat, mit dem Ding, das da hockt, wird etwas in Gang gesetzt. Davor, sagst du im nachhinein, habe ich mich mehr gefürchtet als vor meiner eigenen Angst; denn nun werde ich mich nicht nur mit dem in der Brust gespürten Fremdkörper auseinandersetzen müssen, sondern ich werde in Lous Augen den Schrecken aufreißen sehen, den ich gerade hinter mich gebracht habe, nur den ersten Schrecken, in dem der Körper aus der Requisitenkammer panische Äußerungen hervorstößt, aufspringen, Luft anhalten, schreien, zusammenkrümmen, alle viere von sich strecken, Kopf unter den Armen verstecken, Ohren zuhalten, Nacken einziehen, sich geduckt nach allen Seiten umschauen, Fäuste ballen, Nakken anspannen, mit den Zähnen knirschen, einen dicken Hals bekommen, schreien, schreien, schreien, laufen, laufen, laufen, weinen, sich einrollen

Ich sehe es kommen, wie auf Lous Seite eine Lawine aus Angst und Liebe sich losreißt und ausbreitet, wie sie mit Augen, in denen bereits alles verschwimmt, auf mich zukommt, in Shorts und einem ihrer halb geöffneten Sommerhemden, das ihre Brüste bedeckt, weil es einer Konvention entspricht, die Brüste bedeckt zu halten, nicht weil Lou sich bedecken möchte. Sie trägt ihre Haut wie Kleidung, eine warme, weich anliegende Haut ohne Zeichen von Einschnürungen, Einziehungen, Behauptungen, streift

Kleidung ab, wie man sich durchs Haar streicht, die Brille ablegt, einen Sonnenhut abnimmt, *en passant,* sie bewegt sich weiter, telefoniert, tanzt sich vor dem Spiegel etwas vor, dreht sich, wendet sich hin und her, läßt die Hüften, die Schultern rollen, schaut sich zu, wie sich die Brüste der Bauch die Arschbacken um einen unsichtbaren Mittelpunkt herum mitbewegen, wie sie gleichzeitig aufatmen, sich in die Luft rings um den Körper ausdehnen. Ihr Gesicht nimmt einen aufmerksamen, gesammelten Ausdruck an, sie sieht, wie gut alles zusammenpaßt, zusammengehört, wie die Augen, die Lippen, die Höfe an ihren Brüsten sich kreisförmig runden, dunkler werden, wie ihre Schenkel unter einem Dreieck von dichten dunklen Haaren zusammenkommen und sich voneinander weg bewegen, sie tanzt sich in sich selbst hinein, in ein Lachen hinein, ein beinahe glucksendes Kinderlachen. Eine Tür, die eine Tür, auf die es ankommt, ist aufgegangen, eine furchterregende Distanz wird für die Dauer des Tanzens aufgehoben, die Mutter ist in Erscheinung getreten, führt das Kind in den Tanz ein, das hingerissen, verzückt seinen Kopf, seine Hände an ihre Hüften gelegt, ihren Bewegungen folgt

    HERE, sagt Lou, mein Verlangen nach Berührung schlägt wie ein zweites Herz unter meiner Haut, ohne nachzulassen öffnet und schließt es Hände und Lippen

So kommt sie auf mich zu, bereit, mich aufzufangen, zu füttern, zu trösten, mit HERE und THERE die Welt wieder zurechtzurücken

    Wie sie am Anfang mit ausgebreiteten Armen auf mich zugekommen ist, als sie nur *Eat!* zu sagen brauchte, *Welcome*

to the Continent! und ich Iß! und Willkommen! und Konti‑
nent verstanden habe

Als sie nur HERE sagen und mir ein Stück Bagel mit *cream cheese* in den Mund zu schieben brauchte *(Montréal has the best bagels, better than New York City)*, dann Räucherlachs mit Zwiebelringen und Kapern, um gespannt zu beob‑
achten, welche Wirkung die Fütterung haben würde, zu‑
frieden THERE sagte, sobald meine Augen und Lippen zu glänzen anfingen und ich Töne des Wohlbehagens von mir gab
    HERE, das ist *gravlax,* HERE, zwei Lachsfilets acht‑
undvierzig Stunden marinieren, mit einem Gewicht be‑
schwert müssen sie eng zusammen im Kühlschrank liegen, man nimmt einen Stein oder ein Wörterbuch, um sie zu be‑
schweren, so lassen sie sich in einer Mischung aus Salz, Zucker und Dill roh kochen, dann werden sie tiefgefroren, dann als Carpaccio serviert

HERE, sagt Lou und breitet ein Stück vom großen Strom vor mir aus, *le bas du fleuve* und *le Parc du Bic,* THERE, sagt sie zufrieden, als sich mein Blick in die ungeahnte Weite öffnet, auf eine Wasserfläche ohne gegenüberliegen‑
des Ufer, immer noch der Strom und auch schon *la mer,* wie die Anwohner sagen, ein Anblick, der den Blick das Lä‑
cheln das Herz weitet

HERE, sagt sie, *Thanksgiving, l'action de grâce, la dinde, tur‑
key,* und ergeht sich in einer Hymne über die Füllung, Le‑
ber, Kartoffeln, Zwiebeln, Thymian *and most important of*

all: water chestnut. *La dinde* muß man eine Nacht lang essen, Truthahn, den großzügigen Vogel, der sich in der Mythologie der *First Nations* den Menschen als unerschöpfliche Nahrung anbietet und der, während man ißt, nicht weniger wird. Auch wenn man einen ganzen Abend davon gegessen hat, ist immer noch Truthahn da, man gibt allen Gästen eine Portion nach Hause mit, man friert mehrere Portionen ein, man ißt am nächsten Tag Truthahn, es bleibt immer noch genug übrig für Sandwiches während der ganzen Woche, und von den Knochen kocht man eine Truthahnbrühe, die man für die Wintermonate aufbewahrt

Swim! hat sie gesagt, bist du schon geschwommen in meinem Land? Hier sind meine Seen, meine Flüsse, meine Stromschnellen, und ich habe schwimmen und Seen, Flüsse und Stromschnellen verstanden

Let's go! hat sie gesagt, bist du schon gegangen in meinem Land? Zwischen den Seen sind Wälder, das ist mein Land

Und ich habe gehen, Land und Wälder verstanden

Love! hat sie gesagt. Hat dich schon jemand in ihr Bett eingeladen in meinem Land? Und ich habe Liebe, Einladung und Bett verstanden

Choose! hat sie gesagt. Hat dich schon jemand eingekleidet in meinem Land? Und ich habe aussuchen und einkleiden verstanden

Drive! hat sie gesagt. Bist du schon gefahren in meinem Land? Hier ist mein Auto, hier ist die Stadt, der große Strom, die Brücken über dem Strom, der Stau auf den Brücken über den Strom, hier beginnt das Land

Und ich habe Auto und fahren verstanden und Stadt, Strom, Brücken und Stau gelernt

Speak! hat sie gesagt. Du kennst bereits zwei Sprachen aus meinem Land. Und ich habe zwei verstanden und Sprachen und habe nach dem Namen von samtenen Blumen gesucht, *les pensées,* die den gleichen Namen wie die Gedanken tragen, um mich von dort aus, Wort für Wort, in ein Hin und Her zwischen Französisch und Englisch vorzutasten: *Des pensées de velours brun foncé that look at me with a velvety eye*

Nur einander auf den Mund schauen, *say it again* sagen, *and again,* mehr war nicht nötig, als die Welt in Montréals Straßen einfach wie ein Graffiti gewesen ist: *Gâté un jour, gâteau tous les jours!* liest du laut auflachend, drehst dich zu Lou um und sagst: Sag mir nach: Ga gänggele

Say it again, sag noch mal, zeig noch mal, zeig mir, wie sich die Lippen bewegen, die Gesichtsmuskeln, der Oberkiefer, der Unterkiefer, die Zunge, noch näher, sag es noch mal, da, das vom Mund gepflückte Fremdwort hin- und herdrehen, einspeicheln, *gänggele,* sagt Lou jetzt ganz ernst, THERE, sagst du, *there you go, your accent is perfect!* Du siehst, wie ihr Gesicht vor lauter Anstrengung, ungewohnte Sprechmuskeln zu betätigen, einen schweren Ausdruck bekommt, *gänggele,* sagt sie wieder, teigig, als hätte sie eine Kartoffel im Mund: *What is gänggele?*

Stolz führt sie dich die Rue St. Denis auf und ab, stolz auf die *couturières québécoises,* stolz auf Montréal. *What would you like?* fragt Lou, stolz auf ihre Heimat, stellst du verwundert fest, sie weiß, wo sie hingehört, sie ist stolz darauf, man zwitschert, parliert, probiert an, bekommt von der Modemacherin ein Glas Wein angeboten. *What would you like?* Was hättsch gärn?

Sag mir nach: Chragechnöpfli, chratzigi Hutt, chranki Läbere.
My Swiss grandfather... sagst du zu Lou, bleibst wieder stehen. Der Großvater hat auf der Gartenbank hinter dem Haus gesessen. Du siehst ihn so deutlich vor dir, als säße er in einem Straßencafé an der Rue St. Denis, dabei weißt du nicht einmal, ob er Französisch gesprochen hat, Englisch mit Sicherheit nicht. Du siehst, daß er schwer atmet. Mit Mühe zieht er die Luft durch den offenen Mund ein und stößt sie wieder aus. Er trägt einen grauen Anzug mit einer Weste, eines seiner weißen Hemden mit den kleinen Stehkragen, der oberste Knopf steht offen. Jacke und Weste schlottern um seinen Oberkörper herum. Die Hände hält er zwischen den Knien gefaltet, als habe er nichts mehr zu tun. Er muß doch mit mir in den Laden gehen, mich fragen: Was hättsch gärn? denkst du, was will er hier, in Montréal!

Es hat den Großvater gegeben und einen deutschen Großvater *im Deutschen draußen*. Noch nie, sagst du zu Lou, habe ich einen Satz gebildet, der mit »mein Schweizer Großvater« anfängt. In Übersee beginnen die Zitate aus der Familiengeschichte mit anderen Worten: *My Swiss grandfather* hat einen Stoppelkopf gehabt hat, Bartstoppeln, glänzende Kragenknöpfe und eine kranke Leber. Ich brauche seine Hand, um die schwere Haustür aufzuziehen, um ihn in die Geschichte hineinzuziehen, um das schmiedeeiserne Gartentor zu öffnen, dessen Griff für mich zu hoch ist, ungeduldig auf- und abhüpfend, hinaus! Hinaus! Aus dem Gartentor in der Thujahecke, auf die Dorfstraße hinaus und nach rechts am Bauernhof neben unserem Haus vorbei. Bereits dort, sagst du zu Lou, auf halber Höhe des Hofplatzes, bleibt der Großvater keuchend stehen, während ich hin- und herzapple, zum steinernen Brunnentrog laufe, zu ihm zurücklaufe, ihn bei der Hand nehme, als müsse ich ihn auf dem Weg zum Laden vor Stolpern, Mißtritten und Atemnot beschützen. Der schwarze Hund liegt mitten auf dem Hofplatz, mit dem Kopf zur Straße, die Kinderwaden müssen an seiner Schnauze vorbei. Mit dem Großvater ist es einfach, am schwarzen Hund vorbeizugehen, Hundeschnauze, Thujahecke, Wasserplätschern, Kuhstall, Misthaufen ziehen im Schlepptau bis zum Laden mit, zum Kolonialwarenladen. Die Ladentür hat einen Türgriff. Alle Türen haben Türgriffe, die man von oben hinunterdrückt. Über der Ladentür ertönt eine Glocke, wenn sie aufgeht

Was hättsch gärn? lautet die rituelle Frage. Was hättest du gerne? Es Schoggelaschtängeli, es Branchli, es paar Sugus, einen Schokoladenriegel, der Branchli heißt, ein paar Sugus, weiche süß-saure pastellfarbene Bonbons, an denen man gleichzeitig kauen und lutschen kann, kleine flache Vierecke, in rotes blaues grünes gelbes Papier mit weißem Muster eingewickelt. Frau Gerber fischt sie stückweise aus einem großen Glas neben der Kasse. Wenn man einmal angefangen hat, Sugus zu essen, kann man nicht mehr aufhören

An der Hand des Schweizer Großvaters ist das Leben und die ganze Welt ein großer Kramladen. Man verhandelt, man trifft Leute im Laden, man unterhält sich, man trägt Stimmen nach Hause, Neuigkeiten. Man muß gehen und sprechen können, die Zahlen kennen, Geld haben und rechnen, man tauscht das eine gegen das andere, gegen etwas, was die Großmutter oder die Mutter vergessen haben, Salz, Zucker, Mehl, Makkaroni, Sugo, Knorr, Maggi, Haferflocken. Ich lerne bei der Gelegenheit, auf den Pakkungen buchstabieren. Daß man N‑E‑U anders ausspricht, sagst du zu Lou, als N und E und U, und schreibst mit der Fußspitze die Buchstaben aufs Trottoir, ist eine Offenbarung gewesen. Man stapft mit dem Großater nach Hause und wiederholt bei jedem Schritt, N und Ö und I: nöi

Die Mutter oder die Großmutter hingegen, sagst du zu Lou, schlendern nicht mit mir an einem hellichten Werktag die Dorfstraße entlang, um zu schlendern, sehen sich nicht genüßlich im Dorfladen um, um sich umzusehen, nach links und rechts plaudernd, um zu plaudern. Auch der Vater geht nicht mit mir zum Dorfladen. Frauen gehen Lebensmittel einkaufen. Der Großvater geht mit mir zum Laden, weil er alt, krank und schwach ist. Er kann nur noch langsam gehen und ich noch nicht schnell. So überlassen wir uns auf natürliche Weise einem angenehmen morgendlichen Schlendrian, schlurfend, trippelnd, hüpfend und plaudernd, glückliche Ausreißer, die in den Tag hinein leben. Der Großvater geht spazieren und hat Zeit. Er ist ganz unnütz geworden, sitzt mit seiner schweren Leber auf der Bank im Garten und hat Zeit, ein Hallodri, sagt die Großmutter, ein Hallodri hat Zeit und Geld

Der Vater geht noch aus einem anderen Grund nicht mit mir in den Dorfladen. Er kann nicht richtig Was‑

hättsch⁄gärn? sagen. Wenn er gesagt hätte: Was hättest du gerne? oder bereits in einem gebrochenen Übergangsidiom: Was hettis gern?, wäre er einmal mehr als Ausländer aufge⁄fallen, belächelt worden oder unwirsch bedient

    Der Großvater hat Zeit und Geld und ein Radio. Mit⁄tags und abends hört er Nachrichten. Man hört der Stimme zu, die aus dem Radiogehäuse ertönt, sie sagt das Wetter an, die Geografie, die Zeit. Sie sagt einem mit *Alpennordseite, Wallis, Nord⁄ und Mittelbünden, Alpensüdseite und Engadin* an, wo man sich befindet, was mittags oder abends gegessen wird, wie es dort zu⁄ und hergeht

Auf deutsch gibt es keinen Ausdruck für gänggele, Geld ausgeben, etwas zum Vergnügen kaufen, zum Genießen, Luxus, etwas, was nicht lebensnotwendig, nicht unbedingt nötig ist. Gänggele weist eine große Nähe zu schlendern und flanieren auf. Gänggele kann man nur, wenn man Zeit hat, wenn man die Gedanken wandern läßt, wenn man müßig ein Geschäft betritt, um zu sehen, was es dort gibt, um sich verlocken zu lassen

Gravitating towards you bewegt Lou sich jetzt auf dich zu, so wie man sich magisch angezogen unweigerlich aufeinander zu bewegt hat, *gravitating towards one another,* verzückt, hin⁄gerissen, *in raptures,* so bewegt sie sich auf dich zu, um dich auf ihre Seite zu ziehen, nicht gewillt zu akzeptieren, daß du bereits woanders angesiedelt bist, daß du deine eigenen Arme um dich geschlungen hast, daß du das aprikosen⁄farbene Licht nur noch von fern siehst, daß Knochen Mus⁄keln Sehnen Fingerkuppen Finger Hände nicht mehr flü⁄

stern: *I want your whole body turn into a voice,* bevor sie auseinanderfallen, daß du auf ihrer Seite des Flußes nicht krank sein kannst, daß du dich plötzlich an einem Ort befindest, an dem sie dich nicht mehr in die Gesellschaft einführen wird. Du siehst, wie das Wort *cougar* aus ihrem Mund, aus der Landschaft verschwindet. Die Lawine reißt alles mit sich und läßt Lou und dich in einer Gegend zurück, in der auch das Schweigen verstummt ist, das Schweigen, in dem man sich ohne Worte zurücklehnen, ausdehnen kann, in dem man sich wohl fühlt, einander streift, auf englisch schweigend zusammen den Wind, die Haut an den Armen, die Wärme des Nackens, das Rascheln der Birken, der Zitterpappeln, das Wippen des smaragdgrünen Kolibris am Behälter mit der roten Flüssigkeit verstanden hat

Kein *Zettel hilft hier weiter.* Du bist nackt, weil du krank bist. Du ziehst dich aus, weil du krank bist. Die Brüste werden betrachtet, abgetastet, weil du krank bist. Du befindest dich mit Lou oder einer Freundin und einer fremden Person im selben Raum. Die fremden Augen schauen geschult, prüfend, die fremden Hände tasten sanft, klinisch, mit Nachdruck. Du bleibst im Blickwechsel mit Lou oder der nahen Freundin, während du Körperkontakt hast mit dem Arzt oder der Ärztin. Gesten, Zeichensprache, Eindrücke. Handwerk, Handarbeit, Fingerspitzengefühl. Von den vertrauten Gesten kommt keine vor

Du siehst zu, wie der Arzt in zehn Minuten den Therapieplan fix und fertig entworfen hat. Du hörst, er sei auf Onkologie spezialisiert, er gehe demnächst nach Paris, um sich weiter zu qualifizieren. Du siehst, daß er jung ist. Du siehst, daß er Faktoren aus dem Fall der Patientin auswählt, die in seinen Therapieplan passen, Lebensalter, Größe des Tumors, mögliche Entzündung, möglicherweise krebsige Lymphknoten

Du hörst, daß er sagt, zuerst vier bis sechs Monate Chemotherapie, um den Tumor zu schrumpfen, dann die Operation, um den geschrumpften Tumor und die befallenen Lymphknoten zu entfernen, dann wieder vier bis sechs Monate Chemotherapie, um alle Krebszellen, die sich möglicherweise bereits anderswo im Organismus befinden, abzutöten, danach Bestrahlung, um zu verhindern, daß an derselben Stelle wieder ein Tumor wächst, dann fünf Jahre Hormontherapie, hier hörst du dich schließlich sagen, du habest die Wechseljahre hinter dir, du hörst den Arzt sagen, das spiele keine Rolle, man müsse Hormontherapie machen, du siehst, daß er den Therapieplan in gerader Linie mit Kugelschreiber auf einem Blatt Papier aufzeichnet, du siehst, daß er die einzelnen Phasen mit senkrechten Strichen markiert. Du sträubst dich dagegen, auf einer geraden Linie weiterzuleben

Man geht immer zu zweit oder zu dritt zu einer Untersuchung. Ein zweites Paar Augen, ein zweites Paar Ohren sind vonnöten, eine, die noch hört, weiterfragt, wenn du nicht mehr hören willst, was man dir sagt, die hilft, bei der eigenen Wahrheit zu bleiben. Wenn du von einer Untersuchung oder Besprechung im Krankenhaus zurückkommst, fühlst du dich erschlagen, bedrückt, krank. Zwischen den Konsultationen vergehen Wochen, und du vergißt, was gewesen ist

Dann steht man wieder auf einem Parkplatz vor einem Krankenhaus. Gerade noch hat man sich ausgekannt, in allem, was ringsum da war, hat man sich ausgekannt, da ist eine glutige Sommerhitze gewesen. Man ist von einem Gewässer ans andere gefahren, hat sich im Wasser abgekühlt wie Hunde, die sich nur im Wasser abkühlen können. Nachts hat einen die Bruthitze wachgehalten. Man ist zu Besuch gewesen, hat neue Bücher angelesen, über Ausbildungen, Universitäten, Projekte, Magisterarbeiten, Manuskripte, Ausstellungen geredet, im glasklaren Wasser hast du in die Lichtkringel gestarrt, die die Schwimmenden umspielen, du bist keine Sekunde ohne Kopfbedeckung gewesen, nie ohne Wasserflasche, nie ohne *Citronelle* gegen die Mücken. Bei alledem hast du überall gewußt, wie einen Fuß vor den anderen setzen, selbst wenn du noch nie an diesem Ort gewesen bist

Auf dem Parkplatz vor einem Krankenhaus ist auf keine Achse, keine Linie mehr Verlaß. Es gibt keine, von einer Hand, die sich auskennt, gezeichneten Wegskizzen, keine Ortsangaben. Kein Laut dringt an dein Ohr. Du kannst an keine Tonspur anknüpfen. Dir ist ein wenig flau im Magen, als hätte etwas in deine Körpermitte hineingegriffen und das, was inwendig in dir zu Hause ist, herausgeschabt. Du schüttest literweise Wasser in die Aushöhlung, vertilgst päckchenweise Kaugummi

So sieht man sich eines Tages an, sagst du zu Lou, mit diesen stehen gebliebenen Augen. Man weiß nichts. Ringsum tote Schilder, *Wal Mart, Pharmaprix, Sousmarin, Dunkin' Donut, Second Cup, Shell, Tim Hortons*. Man weiß nicht, sind die Fassaden mit den Schildern schräg gekippt und scheinen sich auf einen herabzusenken, oder stehen sie wie immer senkrecht da, und der Boden hat sich in die Schräge gekippt

Inwendig in Lou, die ums Auto herumgeht, Türen öffnet, Fenster herunterkurbelt, Einkaufstaschen in den Kofferraum stellt, steht eine andere Lou erstarrt da, mit ausgestreckten Armen, die dich nicht mehr erreichen, mit aufgerissenen nachgedunkelten Augen, den Augen einer Pokerspielerin, die sich darauf verstehen, kein Geheimnis preiszugeben, die auch jetzt nichts preisgeben wollen, jedoch achtsam jede deiner Bewegungen registrieren, als könntest du zwischen zwei Lidschlägen verschwunden oder tot umgefallen sein. Im Unsichtbaren tappst du um den Krebs herum. Kein Zettel hilft hier weiter, kein Das-ist-das. Krebs kann man nicht sehen. Der Schrecken hat sein Maul aufgerissen und das Wir verschluckt

Die Zeit drängt, der Fremdkörper ist groß und vielleicht entzündlich, die Lymphknoten geschwollen, sofort handeln, sofort handeln, prasselt es von allen Seiten, Termine machen, alle Untersuchungen machen, alle nötigen Schritte in die Wege leiten. Die Wegweiser in den Krankenhausfluren geben Richtungen an, Zielorte, die du nicht kennst, an denen du Platz nimmst und wartest. Du betrachtest die Wartenden, du siehst, daß sie verschiedene Mützen, Hauben, Hüte, Turbane, Schals tragen. Manchmal siehst du eine Frau mit sehr kurzen Haaren. Du weißt nicht, ob sie ausfallen oder angefangen haben, nachzuwachsen. Du siehst keine Frau mit unbedeckter Glatze. Die Gesichter sehen wächsern aus. Du wirst schnell, verstohlen gemustert

   An der Milchglastür der Nuklearmedizin prangt ein Totenkopf. In der Kindheit hat es zwei Flaschen gegeben, auf denen das Etikett mit dem Totenkopf klebte: Die grüne geriffelte mit dem Salmiakgeist, mit dem die Mutter die Flecken aus den Anzügen der Männer entfernte, und die Flasche mit dem Javelwasser, in das man dünne Metallfedern eintunkte, um Ornamente in gefärbte Ostereierschale zu ritzen

   Du wirst durchsichtig, alles wird unter die Lupe genommen, in der Röhre die Knochen, beim Ultraschall Leber, Nieren, Galle, Bauchspeicheldrüse

Du denkst an vergangene Monate, vergangene Jahre, Besuche in Europa im Jahr davor, weil du wissen willst, wann hat es angefangen und wo? Später hast du dafür keine Verwendung mehr; am Anfang hingegen willst du wissen, wann der allererste Anfang gewesen sein könnte. Du beginnst zurückzudenken und aufzuzählen: Im Jahr zuvor bist du in Bern und in Berlin gewesen und hast Krebs gehabt, du hast Krebs gehabt und alle Zeit der Welt, weil du nicht gewußt hast, daß du Krebs hast, vielleicht auch schon im Jahr davor und noch einem Jahr davor, die Spur verwischt wie nach einem Schneesturm in Montréal, ein weißer Minibus rollt im Schrittempo durch die Schneewüste, kommt zum Stehen, man schiebt die Seitentür auf, sieht das strahlende Lächeln eines haitischen Taxifahrers: *Entrez! entrez!*, und tritt durch einen Schneevorhang ins Innere des Wagens wie in ein Wohnzimmer, das er auf Samtreifen durch Schneeverwehungen manövriert. Die Spur verliert sich in vagen, halb zugedeckten Erinnerungen, so ähnlich, wie wenn jemand bei einem Abendessen erzählt, der Großvater sei in New York oder in Halifax vom Schiff gekommen, dann bricht eine Vergangenheit ab, die in Rußland oder Polen oder Deutschland angefangen hat, er sei etwa zwölf gewesen, als er ankam, manchmal habe er von einem Krieg gesprochen, den er miterlebt habe oder von dem die Rede war, als er klein war, aber welcher Krieg könne das gewesen sein? Der erste Weltkrieg? Die Oktoberrevolution? Oder du sagst im Computerladen, du kommst aus der Schweiz, worauf der Inhaber sagt, meine Großeltern sind auch aus Europa, aus Krakau oder Warschau, ich weiß nicht genau, eine Feststellung, die nur aus einem hiesigen Immigrantenmund stammen kann. Jemand läßt die Gedanken flüchtig nach Europa hinüberschweifen, jemand, der lediglich weiß, die Großeltern kamen *from over there,* ohne an Ost und West zu denken, an Grenzen vor und nach dem Krieg, an Juden und NichtJuden, jemand, der das Wort Schweiz als etwas hört, das in seiner räumlichen Vorstellung in Europa angesiedelt ist wie Krakau oder Warschau. Die Spur geht nur bis zu einem gewissen Grad zurück, dann verliert sie sich, außerdem ist man hier angekommen und hat eine andere Spur aufgenommen, dabei ist die erste Spur unterbrochen und die neue nur stotternd und stockend aufgenommen worden, wie immer, wenn man sich verpflanzt, während man zusammengewürfelt, auseinandergenommen, neu zusammengesetzt wird

Vom Vater weißt du in etwa, daß er 1945 nach dem Krieg in Trautenau wie alle Deutschen die weiße Armbinde tragen mußte, daß er weiterhin bei der ehemaligen tschechischen Vermieterin wohnen und bei Aufräumarbeiten helfen konnte, was ihn vor der Vertreibung geschützt hat

Daß die Furcht bestehen blieb, er könnte von den Russen als Ingenieur eingesetzt und verschickt werden, daß der Schweizer Schwiegervater ihm ein pro formaVisum beschaffen konnte, das es ihm ermöglichte, nach Prag zu fahren und auf einen Rotkreuztransport zu warten. Das Visum gab ihm die Möglichkeit die Tschechei zu verlassen, gestattete ihm jedoch nicht, in die Schweiz einzureisen

Wie oft hat man das erzählt bekommen, hat zugehört, weggehört, nachgefragt, wieder vergessen, wieder nachgefragt, zugehört, wieder nicht alles verstanden, die Reiseroute, die Himmelsrichtungen nicht verstanden, wohl aber die Angst

Mit Armen und Beinen, die zusammengehören. Wenn der schwarze Kopf eines Seehundes in der Bucht auftaucht, gehen die Menschen in Forillon am Feld mit den rosa blühenden Lichtnelken vorbei zum Strand hinab, um der Sonne beim Eintauchen ins Meer zuzusehen. Sie sitzen auf den noch warmen Steinen, auf einem angeschwemmten Baumstamm, allein, zu zweit, in kleinen Gruppen, die Gesichter dem Horizont zugewandt. Nur die Kinder laufen noch hin und her, schichten Steine aufeinander, bauen an einer Anlage weiter

Du weißt auf englisch, daß Lou im Sessel neben dem Bett sitzt. *No doors,* möchtest du sagen, *in the grass.* Sprechen ist noch nicht möglich, du kannst nicht einmal den Kopf drehen. Im Gras gibt es keine Türen. Im Gras kann man einfach aufstehen und weitergehen, so wie du morgens aus der Sicherheit eines fremden Bettes aufstehst und die Straße entlanggehst, mit Armen und Beinen, die zusammengehören. Eine Einheimische hat dich in ihr Bett eingeladen mit ihrem einheimischen Körper geliebt, der sich in den Straßen auskennt, in den Restaurants und Bars, in Buchläden und Universitäten, in den Längen und Breiten und Höhen im Land. In ihrem Körper gibt es einen Horizont, Kindheiten, Aufwachsen, Geliebte, Erinnerungen an jeder Straßenecke

Lou, möchtest du sagen, damit es im Gras keine Türen geben kann, braucht man als erstes eine Wiese. Wenn man aus Montréal hinaus Richtung Süden fährt, muß man mit lauter Stimme Emily Dickinson rezitieren. Sobald man das Schild mit der Aufschrift *La Prairie-New York* sieht, muß man sagen:

> *To make a prairie it takes a clover and one bee,*
> *One clover, and a bee,*
> *And revery.*
> *The revery alone will do,*
> *If bees are few.*

Danach kann man in alle Richtungen weiterfahren und weitergehen. Das Auto rollt über sandigen Boden Gras Baumwurzeln bis in eine Parkbucht hinein, schon bist du aus der Tür und auf halbem Weg zum Wasser, läßt dich im warmen Sand nieder, die Zehen graben sich ein. Auf dem Zeltplatz kommst du an und bleibst für die Dauer des Augenblicks. Du installierst dich. Wind bläst durch die Kleidung. Hab und Gut ist zum Aufrollen, Ausrollen gedacht. Wie in einem Flughafen sind hier alle gleich, kommen an, reisen ab, bauen auf, ab, niemand ist zu Hause, niemand bleibt für ewig

Die Außenwelt verläuft im Sand, in einer Wasserlinie, die deine Füße überspült. Unter den Kontinenten schwimmen die tektonischen Platten der Erdkruste, driften zueinander und voneinander weg. In den eisenhaltigen Gesteinsarten sind winzige Magnete konserviert, die sich wie Kompaßnadeln nach dem Nordpol ausgerichtet haben. Man kann ihre Richtung noch nach Millionen Jahren messen und feststellen, wie sich die Kontinentalplatten verschoben haben

Die Schädelplatten verschieben sich, stemmen sich gegeneinander, üben Druck aus, bewegen sich wieder um Haaresbreite voneinander weg. Man muß am Boden sitzen und fühlen, wie Bäume und Sträucher von unten nach oben wachsen, morgens und abends sagen: Im Gras gibt es keine Türen. Arme und Beine gehören zusammen und alles im Gesicht auch, als ob der Boden den Gesichtszügen eine Sicherheit garantiere, so daß sie weniger häufig entgleiten oder erstarren

Die Sätze kommen und gehen, du stehst auf, gehst weiter, setzt dich woanders hin, als seiest du wieder als Reisende unterwegs, so wie du dich auskennst, wenn du geortet bist, *on the road*. Auf Reisen gehört man dazu, weil man weiterziehen wird, weil man ein Flair, etwas Exotisches von anderswo mitbringt. Etwas erfrischend Fremdes, nichts Familiäres haftet einem an. Als Reisende wird man nie Anträge auf unbefristete Niederlassung, auf Staatsangehörigkeit stellen, nie Anspruch erheben, in allem mitreden zu können, dazugehören zu wollen. Selbst wenn du Monate unterwegs sein solltest, wirst du nie eine Immigrantin sein, du wirst weiterziehen oder schließlich an einen Ort zurückkehren, an dem vielleicht sogar deine Möbel, Bilder, Bücher stehen

Do you sometimes feel like an object moving through space? fragt Lou.
I'm out on a limb, sagst du.

Diese Redewendung gefällt dir, du willst sie ausprobieren, willst sehen, was sie bewirkt. *Out on a limb* gibt dir das Gefühl, dich so weit wie möglich auf einen Ast hinauszuwagen, deine Arme ins Unbekannte hinein zu dehnen.

Lou schaut dich besorgt an. Das ist gefährlich, sagt sie.

Was ist gefährlich?

To be out on a limb, sagt sie, ist ein gefährlicher Zustand. Es bedeutet, sich in eine exponierte Lage zu begeben. Nicht gerade in Limbo, wohl aber in eine überdehnte Situation

Das Land dehnt dich, macht dich weit. Türen fliegen auf zu Räumen, von denen du nichts gewußt hast. Es saugt dich ein, löscht dich aus. Alle Informationen, Neuigkeiten, Fremdheiten, Verschiebungen strömen ungehindert in deine weit offenen Kanäle hinein, ohne Rückhalt einer eigenen Gruppe, Sippe, ohne Muttersprache, ohne Vatersprache, mit fremden *visceral codes*. Ohne *shock absorber,* Stoßdämpfer. Nichts polstert das Rumpeln, Anrempeln, Holpern und Stolpern, die Erschütterungen, das Aufprallen ab. Was sich von morgens bis abends und bis zum Morgen eines anderen Tages abspielt, wird in den Eingeweiden aufgezeichnet. Das Einsickern, Austauschen von Kodierungen, Verschlüsselungen geht in den langen Stunden im Schlaf weiter. Eine malmende wiederkäuende Verarbeitung hat angefangen. Die Einheimischen sagen: *Ça passe par les tripes.* Um etwas wirklich zu begreifen, in sich aufzunehmen, muß es durch die Eingeweide gehen, oder man könnte sagen: *To have guts or not to have guts,* das ist hier die Frage. *If you don't talk from your guts, you don't have guts*

Wenn deine Stimme nicht aus den Eingeweiden kommt, sprichst du nicht mit dem Ton der Überzeugung. Nachts knirschst du mit den Zähnen, sprichst laut, wiederholst, erklärst, hältst Reden im Schlaf, verhedderst dich dabei, oder es bleibt abgrundtief still, vor verschlossenen Türen, an Grenzen mit fratzenhaften Gesichtern. Dann wieder pilgern Horden von Unbekannten durch deine Träume, deine Einwände verhallen ungehört

Grundnahrungsmittel. Nachts um zehn sind die Straßen hell, Cafés, Imbißstuben an der vierspurigen Rue Jean-Talon und rings um die Metro strahlen im Neonlicht, die Trottoirs sind voller Menschen, die Chinesisch, Haitisch, Créole, Québécois, Italienisch, Englisch sprechen und gerade aus dem Dunkin' Donut an der Ecke herauskommen, aus dem asiatischen Supermarkt, aus einem der vielen chinesischen Restaurants oder aus dem P'tit Alep. Vor einem kleinen Restaurant, das in Leuchtschrift *vietnamese sandwich* ankündigt, steht eine Frau und führt mit beiden Händen ein viereckiges Päckchen zum Mund, das von einem dunkelgrünen Bananenblatt umhüllt ist. Mit vollem Mund beugt sie sich nach vorn, um noch einmal abzubeißen, bemerkt deinen Blick, drückt das Päckchen an ihre Brust und dreht sich mit dem ganzen Körper abrupt zur Seite, als habe sie gespürt, daß du drauf und dran bist zu fragen, was es sei, das sie esse, und daß sich in deinem Kopf die Stichworte überschlagen, Hunger, Heißhunger, *dépaysée*. Auch dein Oberkörper hat sich vorgebeugt, als wolle er den gespürten Heißhunger verdoppeln und widerspiegeln oder ohne nachzudenken auf sie zugehen. Was hat sie gesehen, als sie dich wahrgenommen hat? Eine schamlos starrende Weiße, vermutlich eine Kanadierin

Alle, die in Québec ankommen, gehen an einem imaginären Ort an Land, behaupten eine andere Wirklichkeit als diejenige, die sie vorfinden. Unter den ersten Europäern war einer, der sagte: Dies hier ist China. Bis heute heißen die Stromschnellen vor Montréal *les rapides de Lachine*. *De la Chine* hat man in einen Stadtteil namens *Lachine* umgewandelt, um den peinlichen Irrtum zu verstecken. Ein anderer war in den Sommermonaten von der üppigen Vegetation und der Wärme so berauscht, daß er in der kältesten Bucht der Halbinsel von Gaspé sagte: Das ist die *Baie des chaleurs*, die Wärmebucht

Für die Dauer eines Augenblicks richtest du dich draußen auf einer Treppenstufe ein, nicht auf dem Balkon, nicht im Garten, halb überdacht, halb im Freien, hinter einem Haus am Marché Jean-Talon. Die Blätter der Birken und Kirschbäume wehen, der Wind fächelt ihnen Luft zu, sie fächeln den Garten. Die Zikaden sitzen in den Bäumen und reiben ihre durchsichtigen Flügel aneinander, ein Sirren, das dich an den Ton von Überlandleitungen *dans les vieux pays* erinnert

Who was this Jean Talon, anyway? Ce Jean Talon, c'était qui pour de vrai? Wer ist eigentlich dieser Jean Talon gewesen?

Du siehst, wie die europäischen Ränder abfallen, zwanzig verhornte Schnipsel auf einer Treppenstufe. Fingernägel, Zehennägel, werden sie keine europäischen Ränder mehr bilden? Was ist mit den Haaren, der Haut, den Zellen? Mit allem, was sich abschilfert, sich erneuert? Welcher Sache hast du dich mit Haut und Haaren verschrieben? Wird dereinst kein europäisches Haar mehr an dir sein?

Was ist mit allem anderen *from over there,* aus Übersee, Länge, Breite und Höhe, den alten Häusern, den alten Banden? Wenn man nachts aufwacht, sagt man: *Outre-mer.* Übernacht, überland, Übersee. Bern liegt jetzt in Übersee, Berlin auch

Woher kommt es, daß du glaubst, dich in der Fremde einfädeln zu können? Du siehst, daß alle, die hier leben, über das Meer gekommen sind, über das atlantische oder das pazifische, oder die amerikanischen Kontinente durchquert haben, gestern, letztes Jahr, vor zehn Jahren oder vor ein, zwei, mehreren Generationen. Wie du balgen sie sich mit diesem großen Knäuel in ihrem Leben herum: anzukommen

Ankommen ist das Grundnahrungsmittel, die gemeinsame Währung, die Münze, mit der alle bezahlen, handeln, tauschen. Ein Leben lang praktizierst du Ankommen, wo schon welche zusammengehören, die Köpfe zusammengesteckt haben, die sich jetzt erstaunt, fragend zu dir umdrehen: Wo kommst du her?

Schau diese Köpfe, diese Mittelscheitel an, die gefaßten, ernsten Mienen, die Mutter, der Vater, zwei Söhne. Welche Gegenden haben sie neun und elf Jahre lang zusammen durchwandert, bis sie auf diesem Bild festgehalten wurden? Sie haben etwas miteinander durchgemacht, das vorbei ist, jedoch in ihren Körpern in einem Land weiterlebt, das mit K wie Krieg anfängt

In Buenos Aires, sagt Lou, gehen die Immigranten auf dem Antiquitätenmarkt Fotografien von Vorfahren einkaufen, Großmutter, Großvater, Mutter, Vater, und vielleicht bis zu den Urgroßeltern zurück. Man sucht sich aus den mitgebrachten Fotografien der Eingewanderten, aus Haushaltsauflösungen von Verstorbenen, Verschollenen, Weitergezogenen so viele Geschwister aus, wie man möchte, desgleichen Tanten, Onkel, Cousinen, Cousins, man kann alle zusammen auf dem Kaminsims hinstellen oder an einer Wand aufhängen, sepia, schwarzweiß, farbig, mit und ohne Rahmen

Du hast die Leintücher deiner Mutter über den Atlantik mitgenommen. Immer neu aneinandergenäht, mit eingesetzten Flicken, flattern sie im Wind über einer *ruelle*

Wie Cathérine, sagen Lou und ihre Freundinnen und nicken einander zu, Cathérine hat solche Bettücher aus Frankreich mitgebracht. Sie beginnen dich zu entziffern. Das große Land beginnt die Leintücher aufzuessen. Die hiesigen Bettücher hören nachts nicht auf, um den Körper herum zu knistern. Im Winter zieht der Trockner deinen Kleidungsstücken aus den *vieux pays* Schicht um Schicht ab. Die alten Leintücher halten am längsten stand, du sparst sie auf für die Sommermonate

Eine Unsicherheit, etwas Unmündiges. Ich habe alles verkauft, als ich wegging, sagt eine kanadische Fotografin.

Was mir wichtig war, habe ich vorher fotografiert. Du hättest den Korbsessel deiner Großmutter nicht verschiffen lassen müssen, fügt sie hinzu, du hättest ihn nur fotografieren brauchen.

Der Korbsessel ist bereits auf einer Fotografie abgebildet. Man sieht darauf in den Mutter-Mutter-Garten im Frieden nach dem Krieg hinein. Was zur Mutter gehört, ist nah: Mutter-Mutter, Mutter-Vater, Haus, Garten, die Mundart, Berndeutsch, die Straße, das Dorf, die Nachbarn, die Schule. Wenn der Vater auf einer Fotografie dabei ist, ist Samstag oder Sonntag. Der Korbsessel hat schwarz gefärbte, runde Füße, in der Rückenlehne ein durchbrochenes Flechtmuster. Im Korbsessel sitzen die Frauen der Familie. Du siehst ihm an, daß er neben Mutter-Mutters Zimmerlinde unter den Grünlilien gestanden hat, im Sommer hinter dem Haus auf der steinernen Terrasse, wo der Agapanthus in großen Blumenkübeln seine blauen Strahlen auffächert, wo du auf Schritt und Tritt neue Wörter lernst

Jedes Wort zu einem Ding, einer Richtung, *Stägetritt,* Treppenstufe, einen Tritt hinauf, hinab, eine Stufe hinauf, hinab, die Wörter zu allen Dingen, die es damals gegeben hat. Die Welt setzt sich zusammen aus Küche und Tür, Schiefer und Tisch, Schnecke und Haus, Kröte und Schild, Garten und Beet, Fenster und Glas, Kanne und Gießen, Wasser und Strahl, Bohnen und Stange, Saat und Reihe, Regen und Wasser, Teppich und Stange, Wäsche und Leine, Waschen und Küche, Waschen und Kessel, Holz und Ofen, Kohlen und Keller, Keller und Kartoffeln, Holz und Klotz, Erde und Beere, Marmor und Platte, Draht und Zaun, Apfel und Wiese, Apfel und Roßapfel, Garten und Tor, Schule und Weg, Schmied und Eisen, Thuja und Hecke, herbei, herbei gekocht ist der Brei!

Mittags füttert Mutter-Mutter alle Katzen, die an ihrer Küchentür auftauchen, e ganzi Chuppele Chatze, auf der Dorfstraße liegen dampfende Roßäpfel. Man muß ein Schäufelchen an einem langen Stiel darunter schieben, die Bollen mit einem anderen Schäufelchen festdrücken und alles in einen Zinkeimer plumpsen lassen, für die Rosen in Mutter-Mutters Garten. Mutter-Mutters Garten ist voller Himmelsstangen, an denen grüne Bohnen emporklettern und Sträucher mit büschelweise Johannisbeeren. Man geht auf der rechten Seite um das Haus herum dorthin, am Birnenspalier entlang. Auf der linken Seite ist das ganze Haus mit Weinlaub berankt, es gibt einen schmalen Weg, ein Holztor, hinter dem Holztor den Kompost und die Waschküche. Außer einer Frau aus dem Dorf, die am Montag bei der großen Wäsche geholfen hat, ist dort fast nie jemand vorbeigegangen

Du kennst dich aus. Du weißt, wo du wohnst, wo du hingehörst, wie die Dinge in der Mundart und in der Hochsprache heißen. Du bist mit einem *depaysé* aufgewachsen. Sobald er spricht, fällt er auf. Die Wörter gehören nicht zu ihm, tock tock tock marschieren sie wie auf Stelzen aus seinem Mund. Die offizielle Familiensprache ist Berndeutsch, die Sprache der Mutter. Wenn ein deutsches Haushaltslehrjahrmädchen in der Familie mit lebt, sitzt die Sprache des Vaters mit am Tisch. Wenn seine Verwandten aus Deutschland zu Besuch kommen, spricht man Deutsch

Der Vater geht morgens in aller Frühe zum Bahnhof, fährt nach Burgdorf, Bern, Olten, Aarau und kommt bei Nacht zurück. Er weiß jeden Berggipfel, jeden Paß und seine Höhe. Du wächst mit ihren Namen auf, merken kannst du sie dir nicht. Er lernt, weil er Ausländer ist, du lernst, weil du Kind bist. Das Namenlernen enthält eine Unsicherheit, etwas Unmündiges, etwas ist nicht richtig im Mund. Er ist mit dem richtigen Beruf ausgestattet für dieses Land, in dem ununterbrochen hoch und tief gebaut wird: Ingenieur für Hoch- und Tiefbau, ein Zauberwort, ein Sesam-öffne-Dich für die Schweizer Geschichte des Tunnelbaus, der Brücken, der Staumauern und Stauseen. Begeistert merkt er sich Ziffern und Namen, die Superlative bezeichnen, das, was am größten, am höchsten, am volumenreichsten, am riskantesten ist. Die Namen Jungfraujoch, Grande Dixence fallen so häufig, daß sie sogar an dir, die du nicht behaftet werden willst, haften bleiben, jedoch nicht deren Geschichte oder Höhe, Länge und Breite, noch die Rolle seiner Firma darin. Nur daß der Vater regelmäßig an diese Orte fährt, merkst du dir, und daß es aufregend ist. Es sind merkwürdige Namen, an denen andere Wörter hängen, Besprechung, Sitzung, Konferenz oder Berechnung, Risiko, Gefahr, Einsturzgefahr

Am Samstag hat er vormittags Holz gehackt. Der Hackstock stand in der Ecke neben der Haustür, am Anfang des schmalen Weges, der auf der linken Seite am Haus entlang zum Holztor in den Garten führte. Der Vater hat dort wie abgestellt ausgesehen, ungeschützt, nur durch die Thujahecke zur Straße hin ein wenig abgeschirmt. Man konnte ihn im Vorbeigehen hinter dem schmiedeeisernen Gartentor stehen und Holz hacken sehen. Am Samstagvormittag hat die Mutter dich mit Schmalzstullen hinuntergeschickt, Schmalz mit Grieben, die ihn an zu Hause und an Berlin und Studentenzeiten erinnerten. Außer ihm hat niemand Schmalzstullen gegessen. Das Wort gehörte zum Ausdruck Vesper und hat sich mit dem berndeutschen *Z'Nüüni* nicht vertragen. Mit den Jahren ist sein berndeutscher Wortschatz perfekt geworden. Den deutschen Akzent behält er ein Leben lang. Jahrzehnte später hörst du im Gespräch mit ihm Wörter, die dir vorübergehend abhanden gekommen sind. *Wottsch es lehns Ei?* fragt er beispielsweise oder er sagt: *I muess no ga d'Cosmee erünnere,* und du weißt, daß er von einem weichgekochten Ei spricht oder davon, die Kosmeen auszudünnen. Ich muß noch gehen die Kosmeen ausdünnen.

Der eine Elternteil hat Worte repetiert, hat berndeutsch geradebrecht. Der andere Elternteil ist schon immer in der Mundart zu Hause gewesen. In der Mundart findet die Sprache im Mund statt, nicht im Hirn

Die Einheimischen füttern. Wenn man nachts aufwacht, muß man von Ost nach West aus dem Schlaf heraus *New Foundland and Labrador, Prince Edward Island, Nova Scotia, New Brunswick* aufsagen können, *Québec, Ontario, Manitoba, Saskatchewan, Alberta, British Columbia, Nunavut, Northwest Territories, Yukon Territory*

Man muß die Einheimischen füttern. Wenn man es nicht tut, werden sie auf einen aufmerksam. Man möchte unbemerkt bleiben, deshalb füttert man sie. Man tut es instinktiv, reflexartig, man will überleben. Man hat noch keinen Vorrat, kein Polster angelegt, um auffallen zu können. Man füttert eine bestätigende Bemerkung hier, ein nettes Lächeln dort, man gibt zustimmende Laute von sich, man schaut ihnen zu, man probiert Gesten, Redewendungen aus, man spricht nach

Man hat gelernt, wo man auf französisch und auf englisch wohnt, wie man die Telefonnummer mit französischen und englischen Zahlen aufsagt, man dreht den Kopf, wenn jemand Wérénaa! Oder Wiriina! ruft

Die Wörter kommen auf dich zu wie Bekannte, die dich auf der Straße freudig begrüßen, aber du kannst dich beim besten Willen nicht an ihre Namen erinnern und welcher Art eure Verbindung gewesen sein könnte. Nicht aufgeben, reden, reden, reden. Du mußt dir Worte und Redewendungen merken, dafür Radio hören, Zeitungen lesen, Fernsehprogramme anschauen, Wörterbücher durchblättern, Listen schreiben. Du studierst Mundbewegungen, Kopfhaltungen, Armbewegungen, Handbewegungen, nicht im Takt, nicht synchron

Die Sprache, auf die du dich beziehen und verlassen kannst, mit der du gewohnheitsmäßig vergleichst, steht nicht mehr im Mittelpunkt, alles gerät ins Rutschen
 Deine Stimme befremdet dich, beginnt auf französisch vom Hals aufwärts, wird mit jedem Satz dünner. Die Fremde hat aufgehört, ein aufregendes Land zu sein. Du weißt nicht mehr, wann sich die nächste Gelegenheit ergeben wird, Luft zu holen, wie man überhaupt Atmen und Sprechen koordinieren könnte, während sich die Wortkaskaden der Umstehenden voller *esprit* versprühen. Du fühlst dich, als habest du im falschen Geschäft eingekauft, befindest dich nicht auf gutem Fuß mit dir selbst, die Schuhe zu klein, drücken, die Sprache schlecht gearbeitet, ist nicht auf Figur geschneidert, du weißt nicht, ob du mit den Armen zu einer weitreichenden Geste ausholen kannst, ohne daß eine Naht platzt. Die Sätze befremden sich auf deiner Zunge, in den Mundwinkeln, die anderen sprechen beschwichtigend oder hastig darüber hinweg

Man verstummt, sinkt erneut in den Zustand des Kleinkinds zurück, das die Dinge noch nicht beim Namen nennen kann und brabbelnd auf Gegenstände deutet. Von Zeit zu Zeit schlägt man halbherzig mit den Armen um sich, weil man sich sehnlichst wünscht, daß die Fütterungen und die Erklärungen aufhörten und nie mehr nötig wären, was von den Einheimischen wiederum als ein stummes Deuten auf Dinge gedeutet wird und sie zu neuen Erklärungen veranlaßt

Du öffnest die Tür zum Kühlschrank. Das Essen, das du eingekauft hast, steht seit Tagen unangetastet da, winzige dunkelblaue Weintrauben, die an Herbstferien im Tessin erinnern, eine Lauchquiche, verschiedene Käsesorten. Sind es die falschen Sorten, eine falsche Marke, Essen, das die Einheimischen nicht einkaufen, nicht anrühren? Welche Reinheitsgebote hast du verletzt? Sollst du in einen fremden Stamm aufgenommen werden? Du weißt nicht, ob du vor dem Essen essen kannst, während des Essens, nach dem Essen, du kommst aus einer Gegend, *où on mélange tout,* barbarisch, wo man sich alles gleichzeitig auf den Teller häuft, wo man den Heißhunger mit Brot und Butter stillt, und das zu jeder Stunde des Tages

Iß unser Essen mit uns, lautet die Botschaft vom Anfang der Menschheitsgeschichte an den Fremdling, so daß wir für die Dauer einer Mahlzeit aus demselben Stoff gemacht sind. Iß unser Essen mit uns, so wirst du uns weniger fremd sein, so wirst du keine Unordnung und keine Unruhe in unsere Küche tragen. Die Fremden, die in Familien, Gruppen, Clans ankommen, bleiben unter sich, bereiten ihre Mahlzeiten zu, haben ihre Märkte, sprechen in ihren Sprachen weiter. Einzelne Ankömmlinge werden von den Einheimischen einverleibt

Die Fremden im Land können deine Vergangenheit nicht lesen, weder die geschriebene noch die gelebte. Sie wissen nicht, wie deine Wohnungen eingerichtet waren, welche Gespräche du führtest, mit wem, aus welchen Fenstern du schautest, in welchen Betten du schliefst, welche Bilder an den Wänden hingen, welches Essen du auf den Tisch stelltest, auf welche Tische, für wen, welche Gärten du anlegtest und wieder verließt, mit wem du lachtest und weintest, wen du liebtest, mit wem du strittst. Ablesbar ist nur, was du im Augenblick darstellst, Haltung, Gestik, Mimik, Kleidung, Atmung, Sprechen, Lachen, Weinen, Tanzen

Kilometerlange Umwege, sagt Jennifer, die nur von nebenan, aus den USA eingewandert ist: Alle aus meiner Französischklasse haben lieber kilometerlange Umwege gemacht, als noch einmal nach dem Weg zu fragen und wieder nichts zu verstehen. Alle haben wir wochenlang nur mit Zwanzigdollarnoten bezahlt, wenn wir einen Kaffee oder eine Zeitung kauften, weil wir mit dem Kleingeld nicht schnell genug zur Hand waren, unfähig, den genauen Betrag abzuzählen

Freundlich, seltsam vertraulich sprichst du mit einem Angestellten im Montréaler Schweizer Konsulat auf berndeutsch über ein Formular. Während du am Schalter lehnst und sprichst, ohne nach Worten zu suchen, lachst, ohne zu grinsen, weißt du, daß du das Recht hast, hier zu sein, wie der Angestellte hinter dem Schalter und der Konsul im ersten Stock. Du weißt nicht, woher dieses Gefühl stammt, es haftet ihm eine Qualität an, als sei es in dich hineingeträufelt worden, nicht in dir gewachsen. Weder das eine noch das andere könntest du begründen. Du stellst kein Gesuch, lehnst nur am Schalter, läßt deinen Paß verlängern. Halb aus den Augenwinkeln, halb im Rücken nimmst du die Blicke der Wartenden wahr. Sie unterhalten sich leise auf englisch, auf spanisch, auf indisch, sie werden nach dir an den Schalter treten, wie du es an fremden Schaltern tust, ganz darauf konzentriert, ihre Fragen fließend und verständlich vorzutragen, mit zu hoher Stimme, weit vom Sitz ihrer Eingeweide entfernt, damit beschäftigt, die richtigen Worte zu finden und sie überzeugend auszusprechen

Am Postschalter ist eine dunkelhäutige Frau in einem Sari vor dir an der Reihe. Sie verhandelt mit leiser Stimme über Briefmarken, Adressen, die Dauer der Beförderung, die Angestellte gibt bereitwillig Auskunft. Diese ist freundlich, gut gelaunt und spricht außerdem fließend englisch. Du merkst, daß die Kundin die Verhandlung in die Länge ziehen, daß sie nicht hinausgehen will. Sie will sprechen, ihre eigene Stimme hören, hören, daß jemand ihre Fragen versteht und sich mit ihr unterhält. Wenn man Tag und Nacht zwischen Zweit- und Drittsprachen hin- und hernavigiert, mithalten, dazugehören möchte, entwickelt man ein besonderes Gespür dafür, ob Menschen einander ausschließen oder einbeziehen, wenn sie miteinander sprechen. Die Kundin hier will ein Gespräch. Von einem Gespräch unter Gleichen kann keine Rede sein, denn für die Angestellte ist es nicht lebensnotwendig, mit der Kundin zu sprechen. Diese beharrt auf ihren Fragen, als ob ihr Leben davon abhinge, und vielleicht hängt es davon ab. Vielleicht muß dieses Schaltergespräch für einen einzelnen langen Tag ausreichen. Du spürst einen Mangel, der alles untergräbt, etwas Ausgehungertes, als ob jemand monatelang kein Essen von zu Hause gegessen hat oder auf Nachricht von einem als vermißt gemeldeten Menschen wartet. Ein betäubtes Hoffen auf etwas Verlorengegangenes, nicht Anwesendes weht dich an. Die Kundin will die Unterhaltung so lange wie möglich ausdehnen. Eine Einheimische rauscht herein, um etwas am Schalter abzugeben. Im Nullkommanichts quasseln die beiden Québecerinnen von du zu du drauflos, füllen den Schalterraum mit Gelächter Ausrufen Lebensfreude. Schließlich verläßt die Kundin im Sari den Schalter, es gibt nichts mehr zu verhandeln

An einem guten Tag absolvierst du den *small talk* auf französisch. *Qu'il fait beau aujourd'hui!... de la Suisse... une nouvelle arrivée, oui, j'aime le Québec, mais oui, la Suisse est belle, mais il n'y pas d'espace, c'est comme un parc urbain, tout est balisé... dans les forêts il n'y a rien au sol, pas d'arbres tombés, même pas des branches... non, même pas des branches*
    Die Frau im Sari hat sich wieder hinter dir angestellt. Während du Briefmarken und Luftpostetiketten aufklebst, hörst du sie fragen, ob sie nicht auch solche blauen Aufkleber für ihre Briefe brauche?
    Nein, gibt die Angestellte Auskunft, Briefe in die USA benötigen keine Luftpostetiketten, nur jene nach Übersee. Die Frau im Sari bedankt sich zögernd und geht. Als du auf die Straße hinaustrittst, ist von ihr keine Spur mehr zu sehen. Nicht rechtzeitig, nicht rechtzeitig, wirfst du dir vor, nicht gleich hast du dich zu ihr umgedreht und gefragt: *How long have you been here? Would you like to have tea or coffee together?*

Werden sich die Obdachlosen nicht empören? fragt sich eine Journalistin, die im CBC über Kosovoflüchtlinge berichtet, denen in Montréal individuelle Wohnungen angeboten werden.

Könnten die Kosovoflüchtlinge nicht bei kanadischen Familien wohnen, die sie nur allzugerne aufnehmen würden?

No! No! Of course not! Du reagierst heftig, laut, mit dem ganzen Körper, springst auf. Die Flüchtlinge möchten vielleicht beim Essen auf dem Boden sitzen. Vielleicht essen sie abends um zehn. Sie möchten, ohne nach links oder nach rechts zu schauen, in die Küche gehen und alle Handgriffe so tun, wie sie in ihren Körpern aufgezeichnet sind, ohne von freundlichen Gastgebern beobachtet und beholfen zu werden. Vielleicht können sie gar nichts essen oder nur anfallweise wie jene Flüchtlingsfrau, die nicht weiß, ob ihre Mutter noch am Leben ist, wochenlang nichts ißt, eines Abends beim Fernsehen die Mutter in einer anderen Stadt durch den Bildschirm gehen sieht, mit einem Schrei aufspringt, schreit heult weint lacht, zum Kühlschrank rennt, alle Esswaren herauszerrt, im Stehen zu essen beginnt, sich hinsetzt, weiter ißt, alles in sich hineinstopft, eine Stunde lang, zwei Stunden lang ißt und heult und ißt

Mehrere Sprachen und zwei Koffer. Etwas breitet sich aus. Etwas bleibt unruhig, richtungslos, bekümmert. Aufgeribbelt. Man weiß den Text nicht mehr. Zieht an einem Wort, und der ganze Text löst sich auf. Man hat eine Masche fallengelassen! Ein Loch im Gewebe. Verrat. Eine fallengelassene Masche muß man sofort aufnehmen, sonst wird das Strickwerk nicht halten. Eine einzige fallengelassene Masche wird das gesamte Gewebe schwächen. Man muß sie sofort aufnehmen, von links oder von rechts. Übergangssituationen sind voller Gefahren. Das Herz klopft im Hals

Hunderte von kleinen Schritten von morgens bis abends, warum irgend etwas anfangen, eine Zeitung vom Boden aufheben, lesen, wissen, wovon die Rede ist? Lernen, wie es hier zugeht, einheimisch, nicht international zugeht, einheimisch unheimlich. *Falling into pieces. Je suis en petits morceaux.* Du klammerst dich an die Idiome *falling into pieces, être en petits morceaux* fest, weil sie dir die Worte in den Mund legen, die du suchst, und nur die passenden Worte im Mund Erleichterung schaffen können

Nachts, allein im Dunkeln, stellst du dich mitten in den Raum, setzt probeweise einen Fuß vor den anderen, in jede Richtung einmal, so könnte es gehen, denkst du, so könntest du eine Richtung einschlagen, losgelöst vom Schwall der Worte, der fehlenden Worte, dem Stimmengewirr, der Leichtigkeit, Schwerelosigkeit des Dahingesagten

Eine Immigrantin ist weder Reisende noch Gast. Der Körper weiß es. Wie vor einer Operation muß man alles Zubehör abgeben, das zur alltäglichen Ausstattung gehört hat. In jenen Monaten, in denen man Gesuche stellt, auf Papiere wartet, einreist, ausreist, hat man nur sich bei sich, so groß wie der Umriß des Körpers, das Innenleben, mehrere Sprachen und zwei Koffer – immer noch sehr viel mehr Gepäck als auf der Flucht oder beim Tod. Sobald der erste Gedanke an Immigration aufblitzt, verlöscht und wiederkommt, vage Gestalt annimmt, vage Antrag Aufenthaltsbewilligung *demande d'immigration* Fragebögen Niederlassung *demande de résidence permanente* formuliert, beginnt das Konzept Immigration die alte Person zu tilgen. Die Veränderung findet über Nacht statt, ohne Vorwarnung

Der Rücken dreht sich um wie auf der Flucht. Die Fenster sind zu groß, die großen Panoramafenster mit der atemberaubenden Aussicht, die einem vorgaukeln, im Grünen zu sitzen, weil man wegen der Mücken und Schwarzfliegen die Abende nicht im Freien verbringen kann

Bay window, sagst du zum Panoramafenster im Wohnzimmer. Du schaust auf einen Ozean von Wäldern. *Bay window, bay window,* sagst du laut gegen die Fensterscheibe, die Arme um den Oberkörper geschlungen. Der Geist mäandert, verliert sich im Leeren

Die Weite wirkt wie ein Schock. Wind, Regen, Schnee und Hitze, Hufe, Krallen, der Vogelflug haben die Weite berührt. *He was dwarfed by the Rocky Mountains.* Die felsigen Berge verzwergten ihn. In den Rocky Mountains kam er sich wie ein Zwerg vor. Den Größen und Ausmaßen haftet etwas Trotziges an, den riesigen Kühlschränken, Backöfen, Küchenherden, Waschmaschinen, Kühltruhen, Parkplätzen, den *malls,* Supermärkten, Einkaufswagen, den Verpackungsgrößen. Die Menschen hier scheinen sich verzwergt vorzukommen. *Dwarfed by space.* Man will dem Raum trotzen, den Distanzen, dem Wetter

What do you need most? Lou schaut dich prüfend an.
  Guess what, entfährt es dem erschrockenen Mund.
  A room of one's own.
  Da, einen Fußbreit trockenen Boden, eine Antwort auf englisch, die dir ohne nachzudenken entfährt wie auf deutsch, mit einem Satz, der sich in die Eingeweide eingeschrieben hat.
  Eine Kammer brauche ich, beginnst du aufzuzählen, einen kleinen Raum, meine Nacht, meinen Tag, meine Tasse, meinen Blumenstrauß, mein Bild an der Wand. Meine Bar, meine Buchhandlung, meine Kneipe, meine Buchhändlerin, meine Bibliothekarin. Halt.
  Diese Litanei hast du schon einmal gehört.
  Der Vater, der Fremde, hat Bern neu kartografiert. Alle seine Treffpunkte, Anhaltspunkte trugen Possessivpronomen. Besitzergreifende Fürwörter. Du mußt Besitz ergreifen, wenn du fremd bist, wenn niemand für dich spricht. Wie ein Kind eignest du dir Gegenstände, Orte, Wege und Menschen an und sagst: mein.
  Wenn Mutter ausrief: Was für ein wunderbarer Blumenstrauß!
  Winkte er galant ab: Von meiner Blumenhändlerin.

Wo hast du denn dieses Buch wieder gefunden?
Meine Buchhändlerin hat mich beraten.

Und so ging es weiter: meine Bibliothekarin, mein Bäcker, mein Uhrmacher, mein Schuhmacher, mein Buchbinder.

Mutter sagte: Vater rennt wieder wie ein Windhund in der Stadt herum.

Im Hellen tappen. Wie heißt das Land, die Gegend, in die es dich jetzt verschlagen hat? Wie bist du hierher gelangt? Niemals würdest du Postkarten abschicken aus diesem Land. Ein Land ohne Briefkästen, ohne Tauben. Die Flüsse fließen vom Meer weg

Der Krebs hat eine Schneise geschaffen, eine Lichtung, hat leergefegt. Mit Krankheit kennst du dich aus. Von Krebs weißt du nichts. Du hast dich nicht davor gefürchtet, nicht damit gerechnet. Du willst nicht glauben, daß Krebs zum Leben gehört wie du selbst. Plötzlich steht man sich gegenüber. Krebs öffnet Türen, durch die Liebe und Angst hereinströmen. Ariane und Chantal stehen in der Tür und sagen: Wir kommen sofort aus dem Urlaub zurück, wenn du früher operiert werden mußt. Du beugst dich nach vorn, um die Tränen zu verbergen oder schneller herausstürzen zu lassen. Der Sommer, der für alle kostbare Sommer vor dem Hintergrund Langer Winter, niemand soll den Sommer draußen unterbrechen müssen. Der Chor der Freundinnen murmelt: Ich kann dich hin- und herfahren, ich kann mit dir ins Krankenhaus gehen, ich kann für dich kochen, ich kann für dich einkaufen, ich kann dich massieren, ich kann mit dir spazierengehen, du kannst zu mir aufs Land kommen

Du verschickst elektronische Botschaften und bekommst per E-Mail *much love* zugeschickt. Liebe, Zuneigung strömen von diesseits und jenseits des Atlantiks in den Zauberkasten hinein. Wenn du elektronische Botschaften liest, hörst du nicht, wie jemand entsetzt den Atem anhält. Die Angst der anderen ist die Angst der anderen ist die Angst der anderen. Die Schocksekunde am Telefon: Es ist Krebs. Du hörst das pfeifende Einziehen des Atems am anderen Ende der Leitung, du spürst, wie das Entsetzen durch das Telefon kriecht, kalt vor Angst oder klebrig vor Erklärungen

Du erinnerst dich flüchtig daran, daß du selber so reagiert hast, daß es einen ersten Augenblick gegeben hat, in dem du den Schock, die aufschießende Hitze, die Angst tiefgefroren hast. Mit jeder Angst der anderen merkst du, daß du seit langem unterwegs bist, daß du dich entfernt hast, ohne zu wissen, wohin

Man mag die Angst der anderen nicht spüren. Die Angst der anderen schickt drei Botschaften aus: Man könnte sterben, man solle sein Leben ändern, weil man falsch gelebt habe, man könnte selber Krebs haben. Man hat keine Zeit und keinen Raum, sich um die Angst der anderen zu kümmern. Man sieht, daß das Wort Krebs eine Flut von Ängsten und Gefühlen auslöst, so daß man Begriffe, Regionen, Gebiete verwechselt, sobald es im Raum steht. Man ist sofort topografisch und räumlich verwirrt. Krankheit, sagt Susan Sontag, sei *die Nachtseite des Lebens, eine eher lästige Staatsbürgerschaft.* Und sie fährt fort: *Jeder, der geboren wird, besitzt zwei Staatsbürgerschaften, eine im Reich der Gesunden und eine im Reich der Kranken. Und auch wenn wir alle lieber nur den guten Ausweis benutzen möchten, früher oder später ist doch jeder von uns gezwungen, wenigstens für eine Weile, sich als Bürger jenes anderen Ortes auszuweisen.*

Ist das Wort Krebs ausgesprochen, macht es in Lichtgeschwindigkeit die Runde durch die Köpfe und Körper aller Anwesenden. Es verrückt deren innere Landschaft, als sei Krebs ansteckend, als könne die Wucherung übergreifen und auch jene mitreißen, die im Hellen tappen, weil sie nicht wissen, was sich hinter der Helligkeit abspielt

Wie bei einer nächtlichen Wanderung erscheint einem alles, was man kennt, an Baum und Strauch, Berg und Tal in anderem Licht. Schatten treten als Hauptfiguren auf. Neben vertrautem Hundegebell und Eulenruf versetzt einen jedes Schaben und Kratzen in Panik. Bei Tisch unterhalten sich zwei über die Schrecken der Chemotherapie, über alles, was sie gelesen und gehört haben. Wenn ich Krebs hätte, wüßte ich auch nicht, wie ich mich entscheiden sollte, sagen sie ab und zu mit einem freundlichen Nicken in Richtung der an Brustkrebs Erkrankten. Sie unterhalten sich wie zwei, die Angst haben vor dem anderen Land, so wie man Angst hat vor Krieg, Feuersbrunst, Überschwemmung, Flucht, vor dem Tod. Es ist, als ob sich zwei darüber unterhalten, was Liebe sei, weil sie Liebesromane und philosophische Abhandlungen über die Liebe gelesen, aber noch nie geliebt haben, oder über Essenszubereitung diskutieren, weil sie unzählige Kochbücher gelesen haben, aber noch nie gekocht

Natürlich hat man überhaupt vor ganz verschiedenen Dingen Angst. Wenn man beispielsweise über Sibirien fliegt, sieht man stundenlang kein Haus, keine Siedlung, keine Straße, kein Auto, keine Maschine. Man sieht stundenlang in Eis und Schnee hinab, man sieht Molekularformen, Kringel, Flußläufe, mäandernde Ströme, Kristallisationsformen, die Schatten von Tälern als Eisblumen, verwitterte Muster. Man sieht jede Stunde ein älteres japanisches Ehepaar aufstehen, man sieht sie im Gang zwischen den Sitzreihen Tai Chi machen, diskret, anmutig, geschmeidig, ganz für sich. Man sieht unten zwischen den Gebirgen etwas Metallenes aufblitzen, ein, zwei Wellblechdächer, Schuppen, Fabriken, einen Hangar?

Man hört einen Amerikaner in der Sitzreihe hinter sich schwer aufatmen, man hört ihn sagen: *Thank God, there is civilization down there, they have bridges and buildings!* Man sieht jetzt, daß der Amerikaner aufsteht und sich auch in den Gang zwischen den Sitzreihen stellt, man sieht, daß er links und rechts eine Armlehne packt und anfängt, Liegestütze zu machen. Man hört ihn keuchen, sieht, wie alle peinlich berührt wegsehen. Man hört den Amerikaner schwer atmend zum Sitz zurückkehren, man merkt, wie die Sitzreihe, die Rückenlehne zittern. Man überlegt, ob ihm nicht nur das sibirische Gesicht der Erde angst gemacht hat, sondern auch die schmalen, leichtknochigen Menschen, die aufgrund ihrer zierlichen Beschaffenheit genug Platz finden, um sich zwischen den Sitzreihen in fließenden Abläufen zu bewegen

*E*in Stuhl macht alles viel komplizierter. THERE, THERE, sagt Lou, THERE, THERE, *look,* HERE, sie stellt dir eine kleine Plastikschüssel vor die Füße, HERE, ich werde dich waschen. Haltloses Weinen. Dein Mund steht sperrangelweit offen, ein Schlund, wie der Ozean zwischen den Kontinenten. Jaulend stehst du in der kleinen Schüssel, deine Füße stoßen mit den Zehen und den Fersen an, verzerrt, es ist alles verzerrt, dein Gesicht dein Grinsen deine Sprechmuskeln dein Kiefer dein Gau‐ men deine Zunge dein Kehlkopf dein Nacken. THERE, THERE, sagt Lou, während sie dich bereits wäscht, von Kopf bis Fuß alles abwäscht, einen Waschlappen in der Hand, aus einem Wasserhahn läuft warmes Wasser, HERE, sagt Lou, *there you are, that is your body*

UUAAA! Tut das gut, wie Marie den Schlund zu öffnen und alles herauszuplärren. UUUAA!

Dein Mund steht sperrangelweit offen, so groß wie die Pla‐ stikschüssel, in der du aufrecht auf dem Atlantik hin‐ und hersaust. Das Immigranten‐Ich ist hungrig, ja, gefräßig. Es könnte ständig Kühlschränke leer essen, ein Nimmer‐ satt. Streunt umher, schaut jenen zu, die sich bei einem Ge‐ spräch im Sessel zurücklehnen, in allem mitreden, weißt‐ du‐noch sagen können, die fraglos wissen, daß andere auf Episoden zurückgreifen, sich auf Schritte, Wege, Nahtstellen beziehen werden, die sie voneinander kennen. Sie haben ihre Alltagsrituale, ihre Tageszeitungen, Radiosendungen, Fernsehsendungen, ihre Namen aus den Feuilletons und die Gespräche über die Namen, heiß diskutierte Themen, Debatten, die wöchentlichen Kommentare, Glossen. Die Rollen sind verteilt. Plötzlich versteht man, warum kleine Kinder schreiend sprechen, um sich Gehör zu verschaffen, warum ihre stereotype Frage lautet: Gibt es dort andere Kinder?, wenn Erwachsene sie irgendwohin mitnehmen

HERE, Lou wechselt vom besänftigenden HERE, HERE, das für alltägliche Orientierungsstörungen und milde kritische Momente genügt, in die Intonation für Schiffbruch und zyklisch auftauchende innere Zerrissenheiten. *Everything will fall into place, tout va se placer, you'll see, you'll see, une journée à la fois,* ist gut, ist gut

Marie, Mutter-Mutters Putzfrau, kommt Sonntag abends, um ihr Herz auszuschütten, kommt zur Haustür herein, jault auf wie der Schäferhund vom Schreiner es tut, wenn die Kirchenglocken läuten. Marie schiebt die Haustür auf, schreit: Frou Stuber, sit dr da? und plärrt sogleich geradeheraus, ein anschwellendes, langgezogenes Aufheulen wie von einer Sirene, UUAAA-UUUAA!, das von unten bis oben das Haus durchdringt. Ein Schwall Unglück und Schmerz ergießt sich aus Maries Mund. Alles, was über sie ausgekübelt worden ist, stürzt mit derselben Urgewalt aus ihr heraus, mit der sie die Haustür aufstößt. Die Schwankungen beginnen im Parterre, grollen im Fußboden, pflanzen sich durch das ganze Haus fort. Du sitzt auf dem Holzpodest zwischen der ersten und zweiten Treppe, spähst zwischen den Stäben des Treppengeländers hinab

Der liebste Ort ist dir das Treppenhaus. Im Treppenhaus sitzt man auf einer Stufe, kann sich unbemerkt verdrücken, davonschleichen, unverhofft auftauchen oder geheimnisvolle Gesprächsfetzen aufschnappen, es ist weder drinnen noch draußen. Du bist in einem Geflecht von Türen und Lücken aufgewachsen, auf Treppenstufen, im Treppenhaus, an Tischen mit Leerstellen, Lücken. Lücken haben wie leibliche Verwandte am Tisch gesessen. Auf einer Treppenstufe muß man nicht reden, nicht Bescheid wissen, sich nicht benehmen. Wie im Gras kann man einfach aufstehen und weitergehen. Es ist ein wenig wie tagsüber am vierundzwanzigsten Dezember, ganz anders, als am Tisch zu sitzen oder überhaupt auf einem Stuhl, was sofort die sonderbarsten Empfindungen in den Armen, den Beinen und im Mund hervorruft

Qu'avez-vous mangé à Noël? fragen Chantal, Ariane, Melanie, Lucille, Lou, während man um den Küchentisch herum sitzt, ab und an den großen Vogel im Ofen begießt, ein Purée aus Kürbis und Kartoffeln vorbereitet, Rotwein oder Scotch trinkt. Jedes Jahr etwas anderes, sagst du, Fleisch im Schlafrock ist sehr beliebt gewesen, ein Schinken oder ein Filet, auf keinen Fall Wildbret oder Geflügel, hat der Magen des Vaters diktiert. Sein Magen hat von Kind an nicht mehr aufgehört sich umzudrehen, wenn er Huhn, Hahn, Gans, Ente, Hase hört, wieder den frisch geschlachteten, an den Hinterbeinen aufgehängten Hasen vor sich sieht, das abgezogene Fell sei an der Scheuenwand aufgespannt gewesen, oder den geschlachteten Gockel, der kopflos über den Hof rannte. *À Noël,* sagst du, *on a mangé une espèce de no man's land souper. Un souper de zone neutre. Zone neutre* trifft die Sache nicht wie Niemandsland

Wo ein Stuhl ist, ist meist auch ein Tisch, und um den Tisch herum Arme und Hände, Münder in denen Essen verschwindet oder aus denen Wörter fallen, während unter dem Tisch Füße scharren. Ein Stuhl macht alles viel komplizierter. Stuhlbeine machen Krach beim Aufstehen. Wo ein Stuhl ist, ist auch eine Tür, und in der Tür eine Schwelle. Am vierundzwanzigsten Dezember gibt es das alles nicht. Man sitzt, von offenen Schachteln umgeben, auf einer Trittleiter, einem Schemel, Fußstützen, einem Küchenhocker, ein Brötchen, es Weggli, mit Sardinen aus der Dose belegt, in der Hand. Mittags sitzt man irgendwie herum, als machte man Rast auf einer Wanderung, voller Erleichterung, daß der Familientisch unter Seidenpapier, Engelshaar, Garnspulen, Scheren, Mandarinen, Schokoladenschmuck, Strohsternen, Glöckchen und dem Glanz der Kugeln verschwindet, glücklich, über die ungewohnten Plätze, ungewohnten Blickwinkel. Am vierundzwanzigsten Dezember abends jedoch kehrt die protestantische Strenge wieder ein, man ist betreten

Du weißt nicht, wer das Sardinenpicknick erfunden hat. Vage Fäden... eine Anekdote... Eltern... oder Freunde... oder Studentenzeit... Sardinen und Schweiz passen zusammen wie Sardinen und Konfitüre. Der Vater sagt manchmal Onkel Staši, Tante Žerava, Hohe Tatra, die Beskiden; die *Moldau* braust durchs Wohnzimmer und auch *Mein Vaterland,* aber niemand kann hinfahren und nachschauen, ob

Onkel Staši und Tante Žerava noch Powidltaschn und Buchteln essen, wie der Vater behauptet. Man kann nicht hinfahren, um den Ort zu sehen und zu riechen, die Menschen tschechisch sprechen zu hören und sie anzufassen, doch manchmal kann man dasselbe essen wie sie. Der traditionelle mährische Weihnachtskarpfen ist in der Schweiz ein Fremdling gewesen. Die Mutter spürt kein Verlangen, den Fisch in der Badewanne zu halten, wie es ihre Schwiegermutter noch zu tun pflegte, und ihn selber zu töten, zu schuppen und auszunehmen. Vielleicht ist die Sardine aus der Dose das Zitat des mährischen Karpfens gewesen

An Weihnachten sind nur das Sardinenpicknick und die Plätzchen Tradition, ein grandioses Sortiment aus österreichisch-ungarischem und schweizerischem Gebäck. Auf der süßen Seite ißt man das Land des Vaters mit. Der Vater und die Mutter sitzen abends am Tisch, um zusammen die Ischler Plätzchen zu füllen und zu glasieren. Zuerst muß eines der zarten runden Plätzchen mit Konfitüre bestrichen werden, ohne daß es zerbricht. Dann wird ein zweites daraufgesetzt. Da es österreichische Plätzchen sind, werden sie mit Marillenmarmelade, nicht mit Aprikosenkonfitüre gefüllt. Derweil wird die Schokoladenglasur im Wasserbad auf dem Fonduerechaud warm gehalten. Wenn alle Plätzchen gefüllt sind, machen sich der Vater und die Mutter daran, diese mit Mutter-Mutters Zuckerzange von einer Seite kurz in die Glasur zu tunken und sofort zum Abtropfen auf ein mit Pergamentpapier belegtes Kuchengitter zu setzen. Die fertigen Plätzchen sind oben glänzend braun, unten sandhell und haben in der Mitte einen feinen orangefarbenen Rand

Marie stapft mit lautstarkem Geschnaube und mehr Plärren zu Mutter-Mutter in die Küche, wo jeden Sonntagabend eine Schale Schokoladencreme auf sie wartet. Sie ist die einzige, die von Mutter-Mutter verwöhnt wird. Mutter-Mutter hütet die Schokoladencreme für Marie wie ihren Augapfel. Mutter sagt, Marie sei *es arms Hudeli u nes Tschudeli,* ein armer Tropf, ein ehemaliges Verdingkind, ein verschupftes, *es Tierli,* ein Urviech, kann seine Gefühle nicht im Zaum halten, ein Leben lang herumgestoßen, aber mit ihr komme der Klatsch des ganzen Dorfes ins Haus, und mehr Klatsch gehe wieder hinaus

Es kommt selten vor, daß du Marie von nahem siehst. Marie gehört Mutter-Mutter. Sie ist ein Hörereignis. Die Tür schlägt zu. *Türe schletze* ist lauter als Türen schlagen, näher bei Messer wetzen. Am Sonntagabend stecken die beiden alten Frauen am Küchentisch die Köpfe zusammen, klagen, heulen, lamentieren, *tüe chifle,* tratschen, wettern über andere Leute

Von Marie gibt es keine Fotografie. Mutter sagt, sie habe ein Pferdegesicht. *Gseht echli grob us im Gsicht wie nes Roß.* Als Roß kommt sie hereingepoltert, wiehernd, stampfend, schlägt im Treppenhaus links ans Eisengeländer, rechts an die Wand. Graue Haarstähnen, *es schitters Huppi,* ein Haarknoten, der dünn, armselig und schütter ist, knochige Ellbogen, immer in Bewegung, als müßten sie sich durch eine Menschenmenge kämpfen, dunkles Kleid, dessen abgetragene Farbe speckig glänzt, derbe abgetretene Schuhe. Marie hat ihr Lebtag nie unter einer Dusche gestanden.

Nie ist sie unter einer Dusche hervorgetreten. Wenn sie sich Tee aufgegossen hat, dann wird es *Münzentee,* Pfefferminze oder Lindenblütentee gewesen sein

UUUAAA! Jede Woche einmal *gredi use möögge,* gerade herausbrüllen, eine Stimme im Chor der Furien und Klageweiber, die über himmelschreiendes Unrecht lamentieren

Hinter dem Sehschlitz am unteren Rand der Augenbinde, hinter dem Spalt am Horizont, der sich manchmal zwischen dieser und anderen Welten öffnet, noch hinter dem Horizont machen sich drei kleine Frauen aus Irland auf den Weg. Eine Mutter, eine Mutter-Schwester, ein Vater tauchen aus Fotografien auf. Ein Schneeball formt sich im Winter und beginnt, auf eine Türschwelle im Sommer zuzurollen. Das Wasser in der Plastikschüssel liegt still um deine Füße herum

There you are, sagt Lou, während sie den Waschlappen auswringt, *that is you, your body, such a nice shape, too,* THERE, THERE, HERE, *that will give you some contour*

II

So ist man für sich allein und hat es lieber so. Immer Mitgefühl zu bekommen, immer begleitet zu sein, immer verstanden zu werden wäre unerträglich.

Virginia Woolf: On Being Ill

Hat es eine schwarze Salbe gegeben. Du rufst in Deutschland an. Bei Selma brauchst du nicht zu befürchten, daß sie den Atem pfeifend einzieht, wenn du Krebs sagst. Wer knuspert an meinem Häuschen? fragt sie.

Die du kanntest, die‑ich‑dort‑gewesen‑bin, sagst du, mein Körper und ich sind hier. Wir sind krank.

Ein Boot zieht auf dem Fluß vorbei, Menschen, die einen Sommertag auf dem Wasser verbringen, die Zigarette, das Bier, den Wein genießen, eine Brise bläht das Sonnendach auf, trägt Gelächter und Rufe weiter, das Boot tuckert vorbei, Richtung Montréal. Auf Deck ist eine luftige Kajüte aus Moskitonetz mit blauen Rändern installiert. Auch du sitzt draußen und drinnen, auf einer Veranda mit Wänden aus Fliegendraht. Morgens ist es kühl, nachmittags stickig, abends erträglich, sofern eine Brise weht. Ein unbenutzter Sommerraum, ein Abstelltisch, das große Skizzenbuch, Tuben, Wasserglas, Pinsel, Schwamm, Tuch, Papier, Ölkreiden. Hitze, Grillengesang, keine Luft, wenig Luft, Traurigkeit, weich, sanft, breit. Flußbett. Keine harten Felsen. Der Körper weicht auf, gibt nach. Druck entweicht. Fette Pinselstriche, mehrere Schichten satt aufgetragen, ganzer Arm, beide Arme, Hände, ganzer Körper. Du betrachtest den Totenschädel auf der Tarotkarte des Todes, insgeheim wissend, daß du bald so aussehen wirst. Du spürst das Bedürfnis, kahl und knochenfarben auszusehen, du möchtest sichtbar machen, was sich im Unsichtbaren abspielt. Du beginnst, einen Pfad zu treten, fußbreit, einen Fuß vor den anderen. Es ist nicht abenteuerlich. Du fragst dich, ob der Pfad, den du trittst, in die Unterwelt führt. Du spürst kein Verlangen, das Terrain auszukundschaften. Du kommst dir nicht wie eine Heldin vor

Zeit, sagt Selmas Stimme, du hast Zeit, und du brauchst einen kühlen Kopf.

Das Boot zieht müßig, leise, gemächlich dahin. Man könnte auf den alten Wasserwegen von Ottawa nach Montréal paddeln. Der Ottawa River ist flach, breit, das gegenüberliegende Ufer kahl, schmucklos. Den ganzen Tag ziehen Schiffe entlang, Motorboote rasen vorbei, doch das Boot, dem du jetzt zuschaust, das linke Ohr Selmas Stimme im Telefon zugeneigt, tändelt

Das Boot hier unten würde dir auch gefallen, sagt du, eine Schaluppe, ein Hausboot, es hat kein Ziel, es ist unterwegs, die Menschen an Deck trinken etwas und lachen, ein Sommertag auf dem Wasser. Ich kann mit deiner Stimme im Telefon umhergehen, barfuß über den Holzfußboden, kurz vor die Veranda hinaus, damit du näher am Wasser bist. Hörst du die Hitze? Sie nimmt mir den Atem

Keiner Heilslehre anhängen, nur danach gehen, womit du dich wohl fühlst, sagt Selma. Schau dich um, was es rings um dich gibt, dort, wo du jetzt bist.

Du denkst darüber nach, wie du die Wirklichkeit formst, mit dem, was du denkst, wie du es denkst, wie du diese Geschichte bereits einige Male erzählt hast, wie oft sie sich bereits, manchmal über Nacht, verändert hat. Du fragst dich, woran du dich orientierst, triffst Entscheidungen auf eigenartig stockende, dann wieder blitzschnelle Art. Drei Wochen folgst du einem Ratschlag und machst plötzlich eine Kehrtwendung, vier Wochen folgst du einer Idee und schlägst unvermutet einen Haken

Wie geht es dir mit so einer Erschütterung? fragt Selma plötzlich.

Du möchtest etwas zum Lachen anbringen, mit Jandl sagen: *Wie schön sich doch der Tag verkürzt | durch spätes Aufstehen | frühen Fall ins Bett*

Pinkfarbene Sommeräpfel, karmesinrote Kringel im Baum unten am Hang. Echte Äpfel mit Dellen und wurmstichigen Stellen. Jetzt rühren Motorboote die glatte Wasserfläche auf, Wellen schwappen ans Ufer. Du möchtest ans Meer fahren, sofort, am Feld mit den Lichtnelken zur Bucht hinabgehen, zuhören, wie die Kiesel in den wegfließenden Wellen aneinanderrollen

Hier gibt es einen Fluß und ein Haus, sagst du, vom Flughafen hierher wirst du an Wiesen mit der wilden Möhre vorbeifahren, an schaumfarbenen Dolden bis zum Horizont, dem metallischen Blau der Wegwarte, den Goldrutenfeldern, die sich bereits gelb einfärben, den Schilfkolben und pinkfarbenen Kolbenblumen in den Straßengräben, dem matten Rosa der Wolfsmilchfelder, HERE, werde ich zu dir sagen, *milk weed,* im Herbst werden sich ihre Kapseln öffnen und blendend weiße Seidenknäuel entlassen, und HERE, die wild wachsende Echinacea, das leuchtende

Sonnenhutgelb auf dem Mittelstreifen der Autobahn, Üppigkeit, Gluthitze, Fülle, das eignet sich gut für einen Empfang, sagst du, über alles andere sprechen wir später

Selma bringt die Muttersprache mit und darin alle Heile, heile Segen-Sprüche, Heilmittel, die man von Kindesbeinen an kennt. Heile, heile, Säge, drü Tag Räge, drü Tag Schnee. Für alles hat es ein Kraut oder ein Pulver gegeben, Essigsaure Tonerde, Natriumbicarbonat, Arnika, Calendula. Für alles, was sich in den Körper eingegraben hat, Holzsplitter, Schottersteinchen, was sich entzündet hat, heiß, gerötet und geschwollen war, hat es eine schwarze Salbe gegeben, die das Eingeschlossene aus dem Körper herausgezogen hat, eine Zugsalbe

Du sehnst dich nach Fräulein Dr. Munziger zurück, die immer einen Rat gewußt hat, die nachts um zehn noch Hausbesuche machte, die den Eltern sagte, sie sollten dich in Ruhe lassen, in Ruhe lesen lassen, du bräuchtest nicht mit zum Sonntagsspaziergang zu gehen, die mit ihrer Haushälterin zusammenlebte, die Anfang der sechziger Jahre schon weiße Haare hatte, die zu den ersten Ärztinnen der Schweiz gehört hat. Du erinnerst dich daran, wie beeindruckt du warst, wenn die Haushälterin Fräulein Dr. Munzigers freien Tag an der Haustür verteidigte, wie sie auf der Türschwelle stand und es kein Durchkommen gab. Nie im Leben, sagt du zu Selma, hätte Fräulein Dr. Munziger einen Therapieplan auf einer geraden Linie aufgezeichnet

Um nah heranzuholen. Auf dem Weg zum Fluß hält man nachmittags bei einem struppigen Stück Land an, um die Truthahngeier hoch oben am Himmel zu beobachten. Den Kopf in den Nacken gelegt, schaut man zu, wie die schwarzen Vögel durch die Bläue gleiten, unablässig über unsichtbaren Kadavern kreisend. An manchen Nachmittagen halten mehrere Autos am Straßenrand. Die Menschen stellen sich mit Ferngläsern und Kameras mit lang ausgezogenen Objektiven auf, um nah heranzuholen, was unerreichbar hoch ist, lautlos, schwerelos. An der Rückseite der Schwingen blitzt ab und zu eine silberne Linie auf; die Schwingen sind nach oben gedreht, während die Vögel mit den warmen Luftströmungen auf und absteigen, hin- und herwehen

Sehe ich meine Situation realistisch? fragst du dich, fragst du nach beiden Seiten, zu Lou und Selma hin, und gibst dir im selben Atemzug eine Antwort.

Nein. Bin ich krank? Ja. Schwer krank? Nein. Weiß ich, ob ich schwer krank bin? Nein. Sehe ich das falsch? Nein. Kann ich mich bewegen? Ja. Weiß ich, ob ich jetzt sterben muß? Nein. Muß ich vielleicht sterben? Ja. Will ich weiterleben? Ja. Weiß ich nicht, wie weiterleben? Ja. Habe ich geträumt, daß ich noch nicht ins Haus des Todes eingelassen werde? Ja. Habe ich etwas falsch gemacht? Nein. Ja. Nein. Ja. Nein. Weiß ich, was Krebs ist? Nein. Ist mein

Immunsystem geschwächt? Ja. Muß ich mich jetzt um vergangene Schockerlebnisse kümmern? Nein. Liegt es an Vater Mutter Geschwistern Onkeln Tanten Geliebten? Nein. Muß ich ganz schnell handeln, hätte ich nicht schon längst handeln müssen, sollte ich nicht schon die erste Chemotherapie hinter mir haben, um sicherzugehen, um sicherzugehen? Nein. Breiten sich die Krebszellen unaufhaltsam in meinem Körper aus? Nein. Ja. Nein. Ist etwas in mir gewachsen, das nicht ein Baum ist aus einem verschluckten Kirschkern, nicht eine Idee, nicht ein Gefühl, nicht ein Projekt? Ja. Kein Baum, keine Idee, kein Gefühl, kein Projekt. Ist es unaufhaltsam gewachsen, wuchernd? Ja. Es ist unaufhaltsam gewachsen, wuchernd. Nein, nichts ist in mir gewachsen, nichts soll in mir wuchern, unaufhaltsam. Nein. Ist es ein Gewächs, eine Geschwulst, eine Wucherung? Ja, ein Gewächs, eine Geschwulst, eine Wucherung. Können andere mich lieben, wenn ich krank bin? Ja. Kann ich mich lieben, wenn ich krank bin? Nein. Habe ich geglaubt, Krankheit überwunden zu haben, ein für allemal? Ja. Hört das Buchstabieren ein Leben lang nicht auf? Ja.

Du legst den Kopf wieder in den Nacken und schaust in den wolkenlos blauen Himmel hinauf. Lou reicht das Fernglas an Selma weiter. Die warme Luft streicht über die gebadeten und geschwommenen Arme und Beine

Die Truthahngeier schlafen in Gruppen, sagt sie, manchmal schlafen bis zu siebzig Vögel in den Bäumen und verlassen diese erst spät am Morgen wieder, wenn die Luftströmungen warm genug sind. Morgens breiten sie in den Bäumen ihre Flügel aus, um sie an der Sonne trocknen zu lassen

Schiebt sich eine schwarze Sonne über meine Sonne und verdunkelt sie vorübergehend? fragst du weiter. Ja. Sehe ich die rote Kopfhaut der Truthahngeier in der Sonne aufleuchten? Ja.

Sie ernähren sich ausschließlich von Aas, sagt Selma, frischem oder verrottetem, einzeln oder zu mehreren, von Alligatoren, überfahrenen Waschbären, Opossums, Schweinen, Stinktieren, Schlangen, Schildkröten, kleineren Vögeln. Es kommt vor, daß sie neugeborene Ferkel, Reiher und Ibisse töten. Sie fressen sogar Heuschrecken, tote Kaulquappen, Fische und in der Not Kürbisse

In der Not, wiederholst du. Die Verdunkelung wird vorübergehen.

Bin ich zur Analphabetin geworden? Ja. Lerne ich schlichtweg, ein unliebsames Wort in meinen Text einzufügen? Ja. Muß ich ein Hurenkind einbringen? Ja.

Warum ein Hurenkind? fragt Lou und nimmt das Fernglas von Selma entgegen.

Die Truthahngeier, sagt sie, haben ihren Namen bekommen, weil ihre Kopfhaut rot ist und das Federkleid schwarz wie beim Truthahn. Sie halten sich im Sommer in Nordamerika bis in den Süden Kanadas auf. Wenn sie über uns kreisen, sehen wir die nackten roten Köpfe in der Sonne aufleuchten

Sie jagen nach Sicht und Geruch, sagt Selma, leben in Baumkronen über offenen Feldern, Wiesen, Ebenen, Wüsten, auch im Dschungel und in Wäldern. Paarungsrituale werden mit Gruppentänzen eingeleitet. Am Boden bewegen sie sich ungeschickt. Um abzuheben, stolpern sie einige Schritte vorwärts, stoßen sich mit sichtlicher Anstrengung flügelschlagend vom Boden ab und erreichen schließlich mit Hilfe warmer Windströmungen Flughöhe. Du schaust mit zurückgelegtem Kopf in die Bläue hinauf

Wenn die letzte Zeile eines Absatzes nicht mehr auf eine Seite geht, sagt man im Buchdruckjargon Hurenkind dazu. Man bekommt das Manuskript mit der Aufforderung: Bitte Hurenkinder einbringen! zurück. Auf französisch heißen sie *veuves,* Witwen, auf englisch auch, *widows* und, wenn es sich um ein einzelnes Wort handelt, *orphans,* Waisen

Das Gelege der Truthahngeier liegt ohne Nest in Höhlen, Klippen oder Felsen, sagt Lou. Sie deponieren ihr Gelege in hohlen Baumstämmen oder am Boden in dichtem Unterholz. Beide Eltern brüten und stellen sich tot, wenn sie gefangen werden, oder würgen faulig stinkende Nahrung heraus

Schön und nutzlos wie eine Wildblume, rufst du in den Wind, der Wind trägt die Worte fort: Vielleicht wachse ich nächstes Jahr wieder, vielleicht auch nicht. In den Träumen, sagst du, wird im Haus der Toten an einer langen Tafel gegessen und getrunken. Die Wirtschaft befindet sich zu ebener Erde in einem alten behäbigen Hotel. Der Dachboden ist als Kleidungs- und Requisitenkammer ausgebaut. Hier hängen die Kostüme aller Völker, aller Zeiten zur Anprobe bereit. Bereits auf dem Weg nach draußen bleibst du in dem großen Eßsaal stehen und schaust zu den Menschen hinüber, die zusammen sitzen. Halbwegs bedauerst du, nicht mit ihnen feiern zu können. Geschlossene Gesellschaft. Die Tafel zieht sich von der Mitte des Raumes bis zu einem großen Schaufenster an der Straße hin. Der Tisch biegt sich vor Speisen, alle reden und lachen durcheinander, scheinen einander zu kennen. Eine unsichtbare Schranke geht durch den Raum, die es dir unmöglich macht, näher heranzutreten. Von draußen schaust du noch einmal in den Saal hinein. Direkt hinter der Glasscheibe sitzen Mutter, Vater und eine Mutter-Schwester nebeneinander. Sie tragen weiß geschminkte Masken, es sind Fotografien von ihren Gesichtern. Du prallst zurück. Schweigend, abweisend, unverwandt schauen sie dich an

Der Sommer entfaltet in den letzten warmen Tagen und Nächten vor dem Herbst eine Nachglut, als hätte er seine Hitze, seine Intensität nur auf dieses Moment hin entwickelt. Die Erinnerung an die Wärme wird die Menschen durch den Winter hindurch tragen. Die Zikaden singen Tag und Nacht. Je mehr der Sommer sich neigen wird, desto mehr werden sie alles hergeben, um zu singen. Sirrendes Konzert, jede Stimme überglücklich, noch singen zu dürfen. Hingabe an das Licht, an den offenen Raum zwischen Himmel und Erde, Hingabe an die Hitze, die Vegetation, die Fülle. Sich zu Ende singen. Jede Stimme ein ganzer Körper, vibrierender Körper, der ganze Körper ein Ton

Selbst wenn ich kommenden Dienstag sterben müßte, sagst du beim Weiterfahren und schaust zum Fenster hinaus in den Sommer hinein, an dem ihr entlangrollt, langsam, um die Staubwolken in Maßen zu halten, würde ich in Frieden sterben, nachdem ich die große Hitze ganz ausgekostet habe, das Leben draußen, das sich Schicht um

Schicht in mir abgelagert hat, wie die Materialschichten eines Gemäldes. Du sitzt auf dem Rücksitz und siehst, wie Lou und Selma sich belustigt zuzwinkern, als habest du etwas Närrisches gesagt

Wenn man eine Vollnarkose vor sich hat, ist es ganz natürlich, über die eigene Sterblichkeit nachzudenken, fährst du unbeirrt fort: Ich darf leben wie eine Wildblume. Nie zuvor bin ich dem Dasein der Wildblume so nahe gewesen. Alles, was ich brauche, bietet sich im Überfluß dar. Mich an den zitronengelben Meisen satt sehen, die an den rosafarbenen Blüten der Mariendisteln wippen, das ist es, was ich brauche, das Brummen und Schwirren der Kolibris hören, das ist es, was ich brauche. Hartnäckig habe ich auf meinem Sommer bestanden, auf Farbe, Duft, Wasser, der Weite des Himmels, darauf bestanden, jeden Atemzug des Tages draußen zu sein, mitten in alle Geräusche und Gerüche hineingestellt, Staub, Schotterstraße, Fahrradbeine, am blauen Feld entlang, blau wie Luzerne, betäubend wie Luzerne, durch nadeltrockenes Gras, heißen Sand bis ans Wasser, die Füße im schlammigen Flußufer eingraben, das brauche ich, quer zur Strömung hineinwaten und mich hingeben, in die Flut hineinwerfen, das Wasser umarmen und nichts in den Armen halten, und so, ganz umspült und getragen, beide Arme gleichmäßig bewegend, mit beiden Armen auch gleich stark Lou, Selma, Freundinnen und Freunde umarmen, das brauche ich, bevor ich jenen Raum betreten werde, in dem bleiche geschorene Köpfe geradeaus starren, während die Infusion läuft, *en tout cas,* sagst du, komme, was wolle, den ganzen Sommer über habe ich Sommer getrunken

Mit allen Poren in mich eingesogen, jede Minute Schönheit und Vergänglichkeit, die ihre Schönheit und Vergänglichkeit vor der lebensbedrohlichen Zerstörung der wilden Pflanzen um so dringlicher offenbart, trotz der monströsen braunen Wolke, die sich von Pakistan bis in die Philippinen hinzieht, den zunehmenden Wetterkatastrophen, Dürre hier, Überschwemmungen dort, den Insektenplagen, dem Kriegsgeschrei, den drei Perioden von Hundstagen in Montréal, wo eine normal gewesen wäre, gewesen war, es war einmal; all das zusammengenommen, sagst du, macht eine Operation zu einem relativ kleinen Übel, sicher ein Schock, der Tumor, ein Schock, der in die Knochen, die Eingeweide fährt, an die Nieren, zu Herzen geht, alles erschrickt und merkt sich den Schock; plötzlich ist mein kleines, einzelnes, mir so kostbares Leben gefährdet; trotzdem sage ich heute, Donnerstag vor Dienstag, sollte es so kommen, daß ich Dienstag sterben müßte, so stürbe ich in Frieden mitten an einem Spätsommertag Ende August. Man kommt überein, daß auf deinem Grabstein stehen soll: Sie starb in Frieden, obwohl du bis dato mit Dorothy Parkers Grabspruch geliebäugelt hast: *If you can read this you are already too close.* Wer dies liest, steht bereits zu nah

O*ffene Metrosperre*. Das ist ein *dépanneur,* sagt du zu Selma, er hilft einem bis nachts um elf aus der Patsche – ob mit Kaffeerahm, Bier, Mineralwasser, Zigaretten, Butter, Schinken, Blumen, Konserven, Kaugummi und Zeitungen. Du siehst, wie sie das Flanieren genießt, das Schlendern, Stehenbleiben, am liebsten alles anfassen, daran schnüffeln, es nach Hause tragen, betrachten möchte, wie sie alle paar Meter stehenbleibt, auflacht, fragt: Was ist das, was ist das? *Sous-marins, L'association des Pères de Noël, SAQ, société des alcools du Québec, Restaurant La Belle Province authentique,* HERE, sage ich, das ist *Jean Coutu,* Drogerie, Apotheke, Papeterie, Dépanneur, Postschalter und Bankautomat in einem, der *drugstore, où on trouve tout jusqu'à minuit, même un ami,* und HERE, eine andere Institution, *Dollarama,* jeder Artikel für einen Dollar, von der Bratpfanne bis zum Weihnachtsschmuck, und HERE feinste Olivenöle, Kaffee aus aller Welt, duftende Badezusätze, wenn du Tee einkaufst, wird die Göttin sich abtrocknen, aus der Dusche hervortreten

HERE und HERE, schau, wie das flattert und weht, Fahrräder, *roller blades, inline skating* auf Fahrradstreifen, in Slalomlinien über ganze Straßenbreiten, Schußfahrten vom Mont-Royal herab, überall Rucksäcke, Wasserflaschen, sonnenbeschienene Bäuche, Arme, Beine, Brustansätze,

Flatterröcke, tibetisch, gewickelt, bedruckt, bestickt, nepalesisch oder schlicht unverwüstlich Hippie, Flower power, *les friperies,* Trödelläden, die ganze Avenue Mont-Royal hoch, auch jene für mittelalterliche Ausstaffierung oder den Existentialistenlook schwarz in schwarz, alle Moderichtungen und Gesinnungen flanieren oder sausen auf und ab, Straßencafés, Bistros, Bars gedrängt voll. Und das hier, sagst du zu Selma, ist eine offene Metrosperre neben dem Häuschen, wo du Fahrkarten kaufen kannst, niemand da, der/die Angestellte mußte zum Klo oder, wenn Winter ist, Schnee schaufeln, komm, alle können durch die Sperre gehen, umsonst fahren, und HERE, das sind die Läden für gebrauchte Bücher, CDs und sogar noch Schallplatten

HERE, es gibt das Bistro *Porté Disparu* noch, hier trifft sich die Frankophonie vom Plateau Mont-Royal, eine weißhaarige Frau in knallrosa oder knallgrünen ausgeleierten Jogginghosen spielt vormittags am Klavier Kaffeehausmusik, hinter dem Tresen schmettert der Koch manchmal ein paar Arien, es ist voll, es ist verraucht, alle reden durcheinander, lachen viel, lesen viel, und geschrieben wird hier auch viel. Das Publikum ist bunt, schräg, etwas abgerissen, etwas zurechtgemacht, viel Haut, viel Verzierung, viel Stimme. Die blutjungen Kellnerinnen und Kellner sind auch *de souche,* das heißt, charmant, gewandt, überschäumend, figurbetont, Farbpalette von Kopf bis Fuß. *Bonjour, ça va bien? Oui? Moi aussi, excellent, merci.*

Wie die meisten Cafés hat das *Porté Disparu* Panoramafenster, die Ende des Winters mit der Schneeschmelze im März oder April auffliegen. Man sitzt halb drin und halb auf dem Trottoir. Jahrelang hat ein grünes Sofa in so einem

Panoramafenster gestanden, auf dem man sich wie im Wohnzimmer niederlassen konnte, ganze Bücher lesen, den Flanierenden zuschauen, schreiben

Mitten im Wortfeld. Man starrt vor sich hin. Man stößt auf. Das Gefühl für die Zeit, die vergeht, ist verschluckt worden. Man hat von halb zehn Uhr abends bis morgens um vier geschlafen, einen totenähnlichen Schlaf. Auch nachmittags ist der erste Schlaf betäubt gewesen wie der einer Toten. Wie nach Überseeflug oder Vollnarkose. Man muß sich nicht mehr bemühen, leer zu werden, es ist bereits nichts mehr da. Eine unsichtbare Macht zieht an einem Zipfel des Denkens, der Rest folgt nach. Wenn es so wäre, als bauschte ein Sommerwind leichte Vorhänge auf und sie folgten der Luftströmung nach, dann befände man sich in einem sanften Bild in den bekannten Koordinaten von Raum und Zeit. Die Fähigkeit jedoch, ein Bild im Auge zu behalten, ist aufgelöst worden. Es ist kein Zipfel mehr da, an dem gezogen werden, und nichts, was dem Zipfel zum Fenster hinaus nachfolgen könnte, es gibt kein Fenster mehr, kein Zimmer hinter dem Fenster, kein Mobiliar im Zimmer, kein Haus um das Mobiliar, die Vorhänge, das Fenster herum

Wie das Wort Krebs löst das Wort Chemotherapie Schreckensreaktionen aus. Sofort ist man von allen Seiten mit Ratschlägen, Heilslehren, Verboten umstellt. In Büchern kann man nachlesen, wie schrecklich Chemotherapie ist. Es ist ein Irrsinn, gewiß ist es ein Irrsinn, sich bei gutem

Verstand und einigermaßen gesund auf den Weg zu machen und sich ein Mittel einspritzen zu lassen, das einen todkrank machen wird. Es ist ein Irrsinn, auf eine Stadt zuzufahren, über der sich eine dichte Kuppel aus Abgasen, Dämpfen, Schadstoffen emporwölbt, und unter dieser Schicht auch nur einen einzigen Tag zu verbringen. Man gehört dazu. Man beteiligt sich täglich daran, man rollt im Auto auf die graue Kuppel zu und hinein. Man sagt Schadstoffe, Abgase. Wie oft führt man diese Wörter im Mund, um irgend etwas zu reden? Man sagt Schadstoff und ißt weiter

Man muß die Wörter begreifen. Man muß sich lange bei einem Schreckenswort aufhalten und dort, mitten im Wortfeld erkennen, was es bewirkt, ein einzelnes Wort, wie es den Organismus versteift, so daß man sofort beschränkt denkt und fühlt und es eng wird, im Hirn, in der Kehle, in der Brust. Seit der Operation steckt das Wort Krater in der Brust fest und mit ihm Steinbruch, Bulldozer, aufreißen, Abbruch, Kante, nichts davon gehört in eine Brust, sagst du. Achselhöhle taub, die Achsel ein Schlachtfeld. Eine ununterbrochene Kette von Schocksekunden, Aktionen, Reaktionen, die die Klingen kreuzen. Selma sagt ein anderes Wort: Seelenmarathon.

Man hat einen anderen Körper. Der Oberarm ist überempfindlich, der leichteste Stoff, die feinste Seide scheuern unerträglich. Rötung, Hitze, Schwellung, Schmerz, und raus bist du. Verlangen, Liebe, Trauer, eene meene muh

Ein halbes Jahr, bis er sich wieder wie dein Arm anfühlt, sagt Selma. Ein Wetterarm.

Man muß lernen, was Lymphe ist. Nichts hat meinen Arm nach der Operation so gut trainiert wie Fensterputzen, sagt eine Bekannte, die vom Brustkrebs in der Vergangenheitsform spricht. Vor vielen, vielen Jahren, vor langer langer Zeit, vor fünfzehn Jahren hat sie Brustkrebs gehabt. Man muß es anders sagen. Sie hat einen krebsigen Tumor in einer Brust gehabt, sie hat sich den Tumor herausoperieren lassen, sie hat Chemotherapie gemacht, sie hat weitergelebt

Man ruft wieder reihum bei den nahen Freundinnen an, wie vor der Operation, vor einem Lebensende, kurz davor, erneut an ein anderes Ufer überzusetzen. Selbdritt verspeist man mit Lou und Selma ein mit Oliven und Knoblauch gefülltes köstliches Huhn. All dies im Wissen darüber, daß das Fensterputzen mit ausschweifenden Bögen, das Autofahren, das Verspeisen eines köstlichen Huhnes bald außer Reichweite sein werden. Man hat bis tief in den Abend hinein über alles mögliche gesprochen, auch über die letzte Variante auf dem politischen Kriegsparkett. Ist es die Möglichkeit, will Selma wissen, hat Putin Befehl gegeben, Gas ins Theater zu pumpen, um die tschetschenischen Rebellen umzubringen, und gleich über hundert Geiseln mitermordet? Hat sie die englischen und französischen Schlagzeilen richtig verstanden?

Der Gedanke an die Infusion verursacht Übelkeit. Wenn man nachts aufwacht, sagt man aus dem Schlaf heraus: Versuchskaninchen, Menschenversuche, Fieber, Notaufnahme, *pot, pot, pot:* Übelkeit, mach dich fort. Man hat *Anatomy of a Face* gelesen. Dieses Kind hat zwei Jahre Chemotherapie überlebt, viermal pro Woche, die Anfangsstümpereien von vor zwanzig Jahren. Man hat vier Behandlungen vor sich, alle drei Wochen eine, das scheint lächerlich dagegen. Der Gedanke daran ist überwältigend. Man wird etwas eingespritzt bekommen, das auch gesunde Zellen zerstört, vielleicht bleibende Schäden hinterlassen wird, die nach zwanzig Jahren zum Vorschein kommen werden

But then you will have lived for twenty years, hört man Lou sagen.

Wie weit das alles zurückliegt, sagst du in Gedanken zu Lou. Eine Riesenfaust hat uns gepackt und in zwei verschiedene Käfige verfrachtet. Jede ist in ihrem Käfig blind gegen die Gitterstäbe geprallt

Unter Gleichen. An einem strahlend schönen Oktobernachmittag machst du dich auf den Weg, als gingest du auf den Mont-Royal hoch oder in ein Café, CD-Player, CDs und ein Notizbuch im Rucksack. Die Infusionsständer stehen im Krankenhauskorridor aufgereiht, einer, zwei, fünf, viele. Für schwere Fälle sind sie mit einem Blutdruckgerät und einem Herzmonitor ausgerüstet. Wenn man Chemotherapie macht, bekommt man Zeit und Zuneigung zugeteilt. Man bekommt persönlich eine Schwester zugewiesen, die darin geschult ist, Gespräche in schwierigen Lebenssituationen zu führen. Es gibt zwei Behandlungsräume, einen mit Fenstern und Aquarellen und einen ohne Fenster, ohne Aquarelle. Im hellen Raum sitzen jene, die vier Stunden oder einen ganzen Tag mit den Infusionen ausharren müssen. Jemand spricht dort ununterbrochen von allen Krankheiten, erst von allen Krebsarten, dann von allen durchgemachten Chemotherapien, dann von allen früheren Krankheiten. Nur im fensterlosen Raum ist ein Sessel frei. Es ist ruhig. Die Blicke der Patienten und Patientinnen streifen einander flüchtig, ohne aneinander vorbeizusehen, ohne einander anzustarren, so wie man sich unter Gleichen zur Kenntnis nimmt. Man richtet sich ein, man kippt den Sessel in eine bequeme Lage. Manche sind allein, manche sind mit Begleitung da

Sieben bis zehn Tage nach der Behandlung wird man müde werden. Man wird anfälliger für Infektionen sein. Wenn man Chemotherapie macht und Fieber bekommt, muß man sofort einen Arzt anrufen. In der Notaufnahme muß man nicht warten. Das ist Vorschrift. Man wird kurzatmig werden. Das Herz wird in einem anderen Rhythmus schlagen, es wird schnell schlagen, viel schneller, angestrengt, vielleicht wird es galoppieren, holpern, stolpern. In der zweiten Woche wird die Mundschleimhaut in Mitleidenschaft gezogen werden, in der dritten die Augen

Es geht auf den Winter zu. Von Selma hat man gehört, daß Krebs zu den kalten Krankheiten zählt und Chemotherapie zu den kalten Behandlungen. Im Winter muß man Yangnahrung zu sich nehmen. Der Winter gehört wie Kaffee, Zucker, Alkohol, Obstsäfte auf die Yinseite. Krebs und Chemotherapie gehören auf die Yinseite. Ehrenamtliche Helferinnen gehen umher und bieten Obstsäfte, Kaffee und große runde Kekse an. Eine füllige Dame kommt vorbei und spendiert drei große braune Papiertüten voll mit schokoladenüberzogenen Doughnuts, überzuckerten Krapfen und Bagels

Der Arm wird kalt, während die Kochsalzlösung läuft, der ganze Körper wird heiß, während eine Krankenschwester die rote Flüssigkeit von Hand in die Kanüle spritzt. Adriomycin. Davon darf kein Tropfen danebenfallen, er würde die Haut verätzen. Danach hängt sie den Plastikbeutel mit dem Cyclophosphamid an den Infusionsständer und läßt die Flüssigkeit durchlaufen. Man sitzt zwei bis zweieinhalb

Stunden im Sessel. In der letzten halben Stunde wird einem heiß, schwindlig und übel. Man könnte nicht allein durch die langen Flure gehen. Man spürt einen unerträglichen Druck im Kopf, der gegen Schläfen und Augen preßt. Alle Körperräume sind von innen bis an die äußerste Hautschicht mit etwas vollgepumpt, das allen Raum einnimmt

Man verspürt ein drängendes Verlangen, laut Ich zu sagen. Wie in einem Alptraum, in dem man sich nicht von der Stelle rühren kann, obwohl man so schnell wie möglich rennen müßte, um sein Leben zu retten, oder wenn einem etwas die Kehle zuschnürt oder das Herz abdrückt und man alles daran setzt, sich aufzurichten, weil man weiß, man muß sofort die Lage des Körpers verändern, man muß unter allen Umständen weiteratmen, man muß alle Kraft aufbieten, um Nein! Nein! Nein! zu keuchen, man muß auf alle Fälle Laut geben, so bietet man jetzt alles auf, um Ich zu sagen

Man muß ein individuelles Ich am Leben erhalten, während die kranken und die gesunden Zellen abgetötet werden. Man muß einen Pakt schließen mit den roten und den weißen Blutkörperchen, der Mundhöhle, den Schleimhäuten, den Augen, den elastischen Venenwänden und vor allem mit dem Herzmuskel. Die Augen, die Augäpfel, mein Leben. Das Herz, mein Leben. Wird die Leber ihre rote Farbe verlieren? Sie wird aufhören zu lachen. Ein feiger Mensch hat auf englisch eine weiße Leber, ist *white-livered*. *A good liver* ist ein Schlemmer, *a fast liver* ein Lebemann, eine Lebedame, *a loose liver* ein liederlicher Mensch

Ich stinke. Ich stoße auf, mir ist übel. Der Urin stinkt. Der Urin stinkt nach etwas, wofür es keinen Namen gibt, ein Aschenbecher voller Zigarettenkippen, die im Regen stehengeblieben sind und sich aufgelöst haben, dazu ein verbrannter Geruch, verbrannter Gummi vielleicht

Selma sagt ihre Abzählreime auf: Selenium, Eufrasia, Nux Vomica, Mariendistel dazu, und du hast Ruh'. Man muß die Leber stützen. Man muß die Gifte ausleiten. Vom Krankenhaus bekommt man Tabletten gegen Übelkeit, die Verstopfung und Schlaflosigkeit verursachen. Gegen Verstopfung bekommt man ein Pflanzenpräparat, das man abends einnehmen muß. Gegen Schlaflosigkeit bekommt man Beruhigungstabletten, die vier Stunden wirken. Nach vier Stunden Schlaf müßte man nachts eine zweite Tablette nehmen. Spätabends erscheint der Marihuanabote an Lous Tür und überreicht ein Tütchen feinstes Gras. Irgendwo in der Stadt gibt es einen geheimen Garten, in dem der Freund eines Freundes eines Freundes Marihuana kultiviert und kostenlos weitergibt, wenn es um medizinische Gründe geht

Man hat gehört, der Urin sei nach der Behandlung hochvergiftet, man solle auf der Toilette zweimal spülen. Man fühlt sich wie ein Tier in der Falle. Man spült und spült den roten Urin in die Abwässer, in die Wiederaufbereitungsanlagen, ins Grundwasser. Man spült fünf Tage lang roten Urin weg

Man spürt, wie die Kopfschmerzen nachlassen, man hat drei Kügelchen Brechnuß im Mund zergehen lassen und zwei Züge Pot geraucht. Das Gefühl, die Schädeldecke werde gleich von den Augenbrauen aufwärts bersten, weicht. Es ist gleichzeitig heiß und kalt. Hinter der Stirn weiß. Weiß ausgelöscht, nicht weiß friedlich

Man beobachtet den Körper, jede Reaktion, Sensation einzeln, man macht eine Erfahrung. Man will die Erfahrung wissen. Man weiß nicht, ob man sich im Körper befindet. Man schläft ein, man wacht auf, man dämmert dahin

Wenn man die Bettdecke zurückschlägt, riecht man den Gestank. Man hat ein genaues Gespür dafür, daß dieser Gestank nicht Ich ist. Klammheimlich ist der Eigengeruch gegen einen anderen ausgetauscht worden

Man ist hierhin und dorthin abgeschweift, ein Treibholz, unkonzentriert. Müde, zerfahren, abwesend, was noch, man weiß nicht was, weiß nicht wo. Hitzewallungen von Kopf bis Fuß. Wenn das Telefon klingelt, nimmt man ohne Murren ab, begrüßt die Unterbrechung als Abwechslung in der Eintönigkeit, hat bereits vergessen, was gesprochen wurde, wenn man den Apparat zurücklegt, *on its cradle,* einen Moment lang getröstet, daß das Telefon eine *cradle,* eine Wiege hat, wie man dazu auf deutsch sagt, ist entschwunden

Die Stunden zerfallen breit und weich wie zerkochte Kartoffeln. Die Zukunft hat sich von ihnen abgelöst. Ein Jetzt ist eine winzige Realität, winziger als eine Sekunde. Um weiterzugehen zur nächsten Minute, bedarf es großer Anstrengung

Ich konzentriere mich mit aller Kraft. *The beginning of this sentence is already in the past.* Der Anfang dieses Satzes ist bereits Vergangenheit, sagt Pema Chödrön während einer Vorlesung. Ohne mein Zutun bin ich zur Buddhistin geworden, zu einer stinkenden Buddhistin. Ich halte an nichts mehr fest, es ist mir unmöglich geworden, mich auf etwas Festzuhaltendes zu konzentrieren. Eintragungen ohne Datum, ohne Wochentage. Es wird hell, es wird dunkel. Bett, Badewanne, Küchentisch, die Orte der Welt

In einen künstlichen, schiefen, schlaflosen Menschen verwandelt. Marihuana hilft über das Gröbste hinweg. Etwas Trennendes, Grelles geht mitten durch mich hindurch, als wäre der Kopf innen mit Neonlicht ausgeleuchtet. Direkt unter der Schädeldecke ist es zu hell, zu hoch, zu leicht, zu zerfetzt. Alles ist zu dünn ausgezogen

Die unsichtbare Macht, die in meinem Körper Zellen abtötet, zieht Substanz aus mir heraus. Sie hält das Verlangen, die Arme auszustrecken nach Essen, Berührung, dem großen Skizzenbuch, dem Text, der Tastatur, dem Bildschirm auf Armeslänge von mir entfernt. Die Armeslänge ist mit Watte ausgefüllt. Den Armen ist die Information verlorengegangen, was eine Umarmung ist. Ich kann mich nicht daran erinnern, was ich gerade tun möchte. Keine Erinnerung daran, was gerade gewesen ist, was als nächstes kommen könnte. Zwei Züge paffen, die Übelkeit läßt nach, die Depression auch. Ich kann einschlafen, auch wenn ich nach drei, vier Stunden wieder hellwach bin

Umhergehen und *I am here, I am now, I have arrived, I am home* murmeln, soll helfen, ganz und gar im Augenblick zu leben. Hat das ein umherziehender Bettelmönch erfunden? Ich weiß es nicht mehr. Ich weiß so vieles nicht mehr. Es findet eine große Reinigung statt, eine betäubende Stilllegung

Ende Oktober ist Montréal für Halloween geschmückt. Allenthalben sind schlenkernde Skelette auf Balkonen und in Vorgärten drapiert, Kürbislaternen hocken auf Treppenstufen, orangefarbene, mit Herbstlaub gefüllte Plastiksäcke mit aufgemalten, feixenden Gesichtern stehen vor den Häusern, und von den Bäumen hängen kleine weiße Plastikbeutel mit aufgemalten Gespensterchen. In dieser Nacht sehe ich unauffällig aus. Ein totenbleiches Gesicht mit ungleich großen, stark erweiterten Pupillen

Man muß wieder Gruppen bilden. Eine Unterstützungsgruppe für mich, eine für Lou. Gruppentreffen zum Haarescheren, zusammen essen, das Haareschneiden vorbereiten, dann mit dem Schneiden beginnen, den ersten Schnitt für mich, dann reihum jede Freundin einzeln, bis zwei das Ganze stillschweigend in die Hand nehmen, sich Hüfte an Hüfte rings um meinen Kopf bewegen, bis sie bei der untersten Schicht Haare angelangt sind. Pfeffer und Salz, »schlecht rasiert«. Selma dreht den Kopf zur Seite und weint. Sie weiß, was mich noch erwartet. Ich weiß es nicht

Ich spüre Kopf, Form, sonst nichts. Ich will die Veränderung sichtbar machen, nicht warten, bis die Haare anfangen auszufallen. Eine kleine Entscheidung, ich kann eine kleine Entscheidung treffen. Welche Erleichterung, bei der untersten Schicht Haare angelangt zu sein. Der Plunder fällt zu Boden, Staffage, Kategorisierung, Frisur. Eine Kopfform kommt zum Vorschein, die mich an Gertrude Stein, Meret Oppenheim, Frida Kahlo, an einen meiner Brüder und an buddhistische Nonnen denken läßt

Die ehrenamtlichen Helferinnen auf der Krebsstation tun alles in ihrer Macht Stehende, um den kahlköpfigen Frauen einen Ersatz dafür anzubieten, was sie den Verlust der Weiblichkeit und der Attraktivität nennen. In ihrer Macht stehen Turbane, Schals, Kappen, Gratis-Schminkkurse, in denen Kosmetika verschenkt werden, und Bezugsquellen für Perücken

In der Dunkelheit wieder das Funkeln. Lous Stimme bricht manchmal mitten am Tag, ihre Unterlippe zittert
 You've crossed a line, sagt sie und schaut deinen fast kahlen Schädel an. Du bist zu weit gegangen
 Sie hat keinen Ausweis für das knochenfarbene Land. Berührung zwischen Lou und dir ist wattiert, als liege eine Dämmschicht auf Gesten und Worten, im Blick, so wie bei großer Hitze das Blattwerk von Bäumen staubbedeckt, erschöpft, den Anschein erweckt, es welke. Du hältst weiterhin die eigenen Arme um dich geschlungen, als könntest du alles, was dich von innen angefallen hat, von außen abwehren, als schüfe die karge rechtwinklige Armhaltung eine Ordnung im Leben
 Lou wartet, in Panik erstarrt. Sie wartet darauf, daß alles vorbei sein möge, daß du zurückkommen werdest in ihr Land, daß alles wieder übersichtlich, handhabbar werde
 But we are lovers, sagt sie in regelmäßigen Abständen, verzweifelt, aufbegehrend, bereit, mit Zähnen und Klauen zu kämpfen. Die Worte wissen nicht, wo sie landen könnten, bleiben seltsam tonlos, als mangle es ihnen an Aussagekraft

En tout cas, sagst du, wie man hier bei jeder Gelegenheit zu sagen pflegt, auf alle Fälle, *en tout cas,* sagt man, um etwas zu bestätigen, *en tout cas,* das ist so, *en tout cas,* um zu etwas anderem überzugehen, *en tout cas,* man schafft eine unscheinbare Verschnaufpause im Gespräch. *En tout cas,* sagst du zu Lou: Ich habe keine Worte. Wo du bist, kann ich nicht sein. Wohin es mich verschlagen hat, kannst du nicht hingehen. Man müßte Worte aus einer Sprache, die man nicht kennt, zur Hand haben, die es geben könnte, die man aber beim ersten Mal, wenn Krebs ins Leben eingebrochen ist, wenn eine plötzlich zu den Krebskranken zählt, noch nicht gelernt hat

Haben wir uns je vor unbekannten Gebieten gefürchtet? fragst du Lou in einer Aufwallung von Verzweiflung und Zorn, die wie eine Stichflamme durch das graue Einerlei hochschießt. Uns selber haben wir zum Existieren gebracht! Wenn es etwas nicht gab, haben wir es erfunden

Die Verdunkelung nimmt zu. Du mußt dich verkriechen. Du brauchst ein Handauflegen, das keine Antwort erwartet. Eine Krankheit hat sich auf dich herabgesenkt und dich wie ein Insekt in Bernstein eingeschlossen

Du hast keine Termine mehr. Du brauchst die Kranken. Unter Kranken malt man seine Gefühle auf Großformat, in fliegender Eile, stoßweise, drängend, eine Stampede donnert über das Blatt. In fünf Minuten ist alles offenbart

Wenn man nachts aufwacht, sagt man aus dem Schlaf heraus: Narbe, Trümmerfeld, Arme, Beine, Schwimmen, Gehen, selber gehen, mit Inbrunst gehen, allein gehen, hierhin, dorthin, überall hingehen

Einmal pro Woche zu Fuß von der Rue Garnier bis zum Boulevard St. Laurent hoch. Langsam, wie eine Schnecke so langsam, mit einer kleine Flaschen Wasser in der Hand, ohne Rucksack, ohne Riemen, die auf die Narbe unter der Achsel und auf die Lymphbahnen drücken würden. Deine Arme sind ungleich geworden und bewegen sich asymmetrisch. Die Kranken reden untereinander ohne zu stocken. Niemand macht mehr als einen Telefonanruf pro Tag, die meisten weniger. Rechnungen bleiben liegen, Bettdecken sind eine Oase, Müdigkeit ist Gesprächsstoff. Jedes Leben ist lebenswert. Du bist die einzige nach einer Krebsoperation. Eine Welle von Mitleid und Angst schwappt an dich heran, deine Stimme bricht, Tränen stürzen hervor, du verstehst nicht, warum die Anwesenden meinen, Krebs sei schwerwiegender als chronische Depression, Muskelschwund, chronische Müdigkeit, chronische Schmerzen

Ein Zittern läuft durch Lous Körper, sie springt auf, stellt sich mit gegrätschten Beinen vor dich hin, macht ihren Rücken rund, schreit: Komm! Wie vor langer Zeit, als die Zeit noch verging, als man einander angeschubst, angerempelt, als man einander unter großem Gelächter ein Bein gestellt hat, um sich zu Fall zu bringen, um ineinander verknäult durchs Gras rollen zu können. Bereits den Tränen nahe, dreht Lou sich gleich darauf weg, von Schluchzen geschüttelt. Nein! rufst du, ebenfalls aufspringend, nein! jetzt darfst du mich nicht Huckepack nehmen, mein Gewicht ist zu schwer. Ich und der Krebs zusammen, wir sind zu schwer. Es ist noch nicht vorbei, du kannst mich nicht hinübertragen in dein Land. Am Tisch der Tüchtigen, die noch etwas in ihren vollen Terminkalender einbauen, einer Krebskranken beizustehen, die nicht langsamer werden, die nicht anfangen, weniger zu tun, ist kein Platz für mich frei. Du kannst mich nicht auf deinen Rücken hieven, ich kann dich nicht auf meinen Rücken hieven und einige Schritte weit tragen, wie wir es aus Jux und Übermut getan haben. Meine Achselhöhle, sagst du, ist lädiert, Nervenfasern, Lymphbahnen durchschnitten, Muskeln geschwächt, die Brust schmerzt. Mehr als alles andere fällt ins Gewicht, daß ich dich um nichts in der Welt dorthin tragen möchte, wo ich mich gerade aufhalte

Du betrachtest das knochenfarbene Land, Lous haltloses Schluchzen im Ohr. Sie will sich nichts anmerken lassen, dich nicht mit ihrer Angst ängstigen, nichts davon verlauten lassen, daß sie jede Nacht davon träumt, du könntest sterben

Der Körper hat etwas produziert, sagst du, das mich umbringen könnte. Wo ist der Körper? Ist der Körper dort und ich selbst bin hier? Bin ich mein Körper oder eine Andere als mein Körper? Ist mein Körper jemand anders als ich? Hat der Körper mich im Stich gelassen? Habe ich mich im Stich gelassen, ohne zu wissen, wie ich zurückkommen werde in dein Land, ob meine Haare nachwachsen werden, ob mein Gesicht wieder Farbe annehmen wird, ob ich mich werde daran erinnern können, was ich gerade gelesen habe, worüber wir gestern gesprochen haben?
 Du hingegen, Lou, du mußt wieder ans tüchtige Ufer

hinübergehen, arbeiten, Konflikte schlichten, essen gehen, lachen, Wein trinken, dich trösten lassen

So sitzt man eines Tages nebeneinander, sagt Lou, während etwas einem den Atem nimmt oder schon so nahe gerückt ist, daß es einen zu verschlingen und auszulöschen droht. Plötzlich sind meine Schwestern weg gewesen, schluchzt sie, alle drei. Sie haben ihre Leben in die Hand genommen und mich allein zurückgelassen. Vor dem Garderobenspiegel und im Bad blieb es still, kein Gekicher, kein Gelächter mehr. Mit ihnen machten sich Glanz und Zauber davon, als ob in einer Nacht, die vom Taumeln der Glühwürmchen erhellt wird, deren Funkeln mit einem einzigen Schlag erlöscht. Man wartet, man hält Ausschau; so wie man darauf wartet, daß die Sterne zum Vorschein kommen, wartet man darauf, daß in der Dunkelheit wieder das Funkeln der *lucioles* erscheint, über die man mehr staunt als über das farbigste Feuerwerk, verzückt da! da! und da! ausruft und dort! dort! dort auch!, während sie von Baum zu Busch taumeln, über einem Garten, einer Wiese, einem Hang, einer Talsenke, aufleuchten, verglühen, aufleuchten, zum Greifen nahe kleine Leuchtkörper. Aber mein Körper ist dunkel geworden, so wie der Körper, sagt Lou, blind wird ohne Berührung. Ohne Berührung erblinden alle Poren

What language? murmelst du, *what language?*, wie einen Refrain aus alten Tagen. Seite an Seite mit Lou steigt eine Erinnerung auf. Im ersten Morgenlicht sitzt man an einem Tisch und schaut auf einen See. Der Raum ist bereits durchstrahlt vom Licht, das rings ums Haus durch die goldenen und flammend roten Blätterkronen bricht. Man sitzt zum ersten Mal morgens zusammen an einem Tisch, man macht eine Erinnerung

Später, wenn man darauf zurückgreifen wird, wird man Worte zu Hilfe nehmen, man wird sagen, da war jener Moment am Eßzimmertisch im Morgenlicht, wir waren als erste auf, sonst war alles noch still im Haus, es wird etwas Verschwörerisches im gegenseitigen Berichten liegen, wir mußten früh aufstehen, wahrscheinlich, um irgend etwas Wichtiges zu tun. Davor mußte man alles tun, was man nicht miteinander kannte, die Augen aufschlagen, *what language? what language?* weiterfragen, einander zwischen Ich-Sagen, Du-Sagen, Wir-Sagen, zur Kenntnis nehmen. Später hat man sich gegenseitig Mitteilung vom Licht gemacht, den Farben, du hast nach Worten gesucht für Blattfarben, die du nicht kanntest, jetzt suchst du nach Worten, weil du die Worte von damals vergessen hast, flammend, sagst du zu Lou, sind es flammende Farben gewesen?

Flammende Farben, bestätigt Lou, flammendes Rot, flammendes Orange

Und die andere Farbe, bedrängst du sie, die es nur hier gibt, lachsfarben, nicht lachsfarben

Wie *érable,* sagt Lou, wie *maple*

Das ergäbe ahornfarben, sagst du, enttäuscht. Aber ahornfarben sagt nicht viel aus. Aprikosenfarben vielleicht, durchdringend aprikosenfarben. Selbst im Auto spürt man das Licht der Farben, auch weil man bereits eine Erinnerung an Ahornbäume im Oktober gespeichert hat, unter denen man stehen bleibt, weil eine Baumkrone wie ein erleuchtetes Objekt über der Straße schwebt, weil die Blätter zu Licht geworden sind. Das Blätterdach leuchtet wie eine Lampe, in deren Schein man sich Zeilen aus einem Gedicht vorliest:

Elle croit des choses qu'on ne lui a jamais dites | Ni même murmurées à l'oreille | Des extravagances telles qu'on frissonne, während man einen Pfad in ein alltäglicheres Leben hinein sucht, das sich wieder Schritt für Schritt abspielt, unter Erwachsenen, die ernsthaft ihren Geschäften nachgehen, nicht mehr wie Verzückte, die sich mit blanken Augen anstarren, ganz und gar nackt, bar aller sozialer Ränge Namen Titel Tüchtigkeiten. Man hat gespürt, wie sich die Umarmungen innen an Armen und Beinen nachbilden, man hat sich zugeflüstert: *Elle s'imagine tenir dans sa main droite | La terre ronde rude obscure | Comme une orange sanguine qui luit*

Das Bild verwischt. Du kannst es nicht scharf einstellen. Die Konzentration hinter dem Blick ist verwackelt. Das Gedächtnis ist verwackelt. Was vorkommt, zieht in Schwaden, in abgerissenen Gesprächsfetzen an deinem Gesichtsfeld, deinen Ohren vorbei. Lous Silhouette verschmilzt nicht mehr mit deiner in der Dämmerung und nicht bei Dunkelheit. Vage erinnerst du dich daran, daß du einst ein Kopfkissen über den Atlantik transportiert hast, es hat einen ganzen Koffer gefüllt, um ein Kopfkissen zu haben, es mit Lou tauschen zu können

What would you like! schreit Lou plötzlich auf, *what would you like! What would you like!* schreit sie ununterbrochen, es klingt wie ein Befehl.

Nothing! schreist du zurück, *nothing!* Nichts, nichts nichts! Die eine Antwort: Leben! ist in Frage gestellt. Alles ist zusammengefallen, wie nach einem Einbruch entleert. Wenn man nach Hause kommt, kann es sein, daß die Haustür sperrangelweit offensteht. Augenblicklich hat man einen anderen Körper, der sich ruckartig voranbewegt, die Wahrnehmung ist verzerrt, man tritt in ein Bild ein, das man aus Film und Fernsehen schon kennt. Was ist, was ist, Kopf voran in die offenen Türen hinein, was ist, was ist? Halt!, wenn sie noch da sind!, irgendwo im Haus! Man ist nur vierundzwanzig Stunden weg gewesen, die Türen können nicht offen stehen, das Bild stimmt nicht, es ist etwas passiert. Oder hat man doch vergessen abzuschließen, hat ein Windstoß? Das Bild hat einen eingeholt, eingesaugt

Da!, der Kassettenrecorder ist weg, schnell, nach oben, schnell die Treppe hoch, da!... und das... und das... das Radio auch... das schnurlose Telefon auch... der Drukker... das Faxgerät – mein Tisch ist leer, der Computer! Meiner auch! Mein Computer! Der Paß! Mein Paß! Hier ist mein Paß. Ende des Sommers, die Wochenendhäuser stehen leer, man weiß, dann wird eingebrochen, es ist bereits eine Tradition, Jugendliche grasen die Häuser in kleinen Gruppen ab, nehmen technische Geräte mit, die sich schnell verkaufen lassen. Jemand hat *Alo* auf eine Fensterscheibe geschrieben. Sie müssen gegen Morgen dagewesen sein, als die Scheiben beschlagen waren, die Kinderschokolade vom Einweihungsfest haben sie mitgenommen, eine

Papiertüte mit reifenden Tomaten von unten nach oben getragen. Was wollten sie damit? Den Fotoapparat übersehen. Sind sie überrascht worden? Werden sie wiederkommen?

Du drehst dich um und um im Haus, schaust hinter dich, schaust ständig über die Schulter zurück, blitzschnell aus dem Fenster, dem riesigen Panoramafenster zum Garten und zum Waldrand hin. Jemand hat unsere Einrichtung gesehen, sagst du zornig, unser Leben, hat die Anordnung der Dinge durchquert, der kein Recht dazu hatte, fremde Hände haben sich genommen, was sie wollten. Woher wußten sie, daß wir weg waren? Steht jetzt gerade jemand hinter einem Baum auf dem Grundstück und beobachtet uns?

Ist das deine erste Einbruchserfahrung? fragt man dich sachkundig, nun ja, beim ersten Mal ist es ein Schock. Befremdet hörst du am Telefon den entsetzten Aufschreien auf der anderen Seite des Atlantiks zu. Ein Einbruch ist hier ganz normal, hörst du dich sagen. Ende des Sommers wird eingebrochen und dann vor Weihnachten wieder, die Arbeitslosigkeit, Armut

Du hörst dir zu, wie du beiläufig weitersagst, was du gerade gelernt hast, du hörst, wie du bereits das neue Land in Schutz nimmst, du kannst mitreden, eigentlich brauchst du gar keine Aufenthaltspapiere mehr

Aber damals, fragst du, Lou, was hast du damals zum *cougar* gesagt? Als er über dir hockte, ist er mit Sonnenglut angefüllt gewesen? Hat sich die Zeit in seiner Reglosigkeit angesammelt, bereit, sich träge auszudehnen? Mit einem einzigen Prankenhieb hätte er dich in die Tiefe stürzen können

Es ist zu heiß gewesen, sagt Lou, *a blinding light,* blendendes, blind machendes Licht, ich habe nicht ein zweites Mal nach oben schauen können, um zu sehen, was er vorhabe.

Hast du in Gedanken etwas zum *cougar* gesagt? willst du wissen. Hat der *cougar* etwas zu dir gesagt?

Lou schüttelt den Kopf. Es ist eine Situation außerhalb des Dialogs gewesen, sagt sie, eine Trockene-Kehle-Situation, bevor der Speichel sich in der Mundhöhle ansammelt. Ich hätte mich nicht einmal zwischen *flight! or fight!* entscheiden können. Es war alles ausgelöscht.

Und automatisch fügt sie hinzu: Kennst du das?

Es gibt keine Ränder mehr. Das Leben wird vom Drei-Wochen-Rhythmus der Behandlungen bestimmt. Der Tag-vor-der-Behandlung ist der beste und der schrecklichste Tag. Du kannst spazierengehen, denken, lesen, schreiben, einen Film ansehen, Auto fahren, mit Selma durch die Straßen flanieren, *lueg,* zu ihr sagen: Alle, die eingewandert sind, haben ein Stück Heimat als Essen mitgebracht. Man kann zum Vietnamesen in der Rue Prince-Arthur gehen und eine mittelgroße Schüssel Suppe mit Entenfleisch schlürfen oder sich eher nach Polen wenden, ins Mazurka. Dort kann man sich hinsetzen, wo man will, die Piroggen sind mit Sauerkraut und Pilzen gefüllt, die Kellnerinnen lassen sich Zeit, und wenn sie an den Tisch kommen, schlurfen sie. Wenn man den polnischen Wodka mit dem Bisongras und nicht den russischen bestellt, lächeln sie zufrieden. Am Nebentisch sitzt vielleicht jene vom Alter geschrumpfte Frau mit dem gelb blondierten Haar, die sich lebhaft mit einem Sohn unterhält, sicher über neunzig ist, ein Viertel Rotwein trinkt, ab und zu mit der Gabel in ihrem Teller stochert, auf dem sich Sauerkraut, Kartoffeln und Knackwurst häufen, und die Gabel leer wieder beiseite legt. Mit der linken Hand hält sie unauffällig ihr Gebiß neben dem Stuhl. Der Lunch im Mazurka ist nach fünfundzwanzig Jahren von fünf kanadischen Dollars auf 6.25 angestiegen, Suppe, Hauptmahlzeit, Dessert, Kaffee oder

Tee inklusive. Das Interieur ist mit rotem Plüsch und Spitzendeckchen ausgestattet, in der Küche sitzt die ganze Familie von der Großmutter bis zum Enkelkind vor einem Berg Weißkohlköpfe um den Tisch

Am Behandlungstag rollt eine zweite, eine dritte, eine vierte Angriffswelle über dich hinweg. Alles fällt erneut auseinander. So muß es im Krieg sein oder in einem Land, in dem man sich gegen einen möglichen Krieg wappnet, über den die Weltöffentlichkeit in aller Schamlosigkeit diskutiert. Ist Krieg gewesen, du hast alles instand gesetzt und bist wieder bis unter die Kopfhaut mit Chemie vollgepumpt. In Rußland erfrieren die Menschen bei Temperaturen von minus vierzig Grad und mehr. Sie versuchen die Eiszapfen an ihren Holzhäusern mit Spaten und Pickeln zu zertrümmern. In Sanski Most gehen die Einwohner durch die große Leichenhalle und suchen nach ihren Angehörigen. Sie können nur noch einzelne Knochen anfassen, einen Oberschenkelknochen vielleicht oder einen Rippenbogen. Nach zehn Jahren sind die Knochenhaufen aus dem Massengrab ausgebaggert worden und werden nach ihrer DNA identifiziert. Im Kongo treiben marodierende Rebellen die Pygmäen aus dem Urwald heraus, zwingen sie zu Sklavenarbeit, massakrieren und essen sie. UNO-Meldung in *The Guardian,* der *Frankfurter Rundschau* und von *Ärzte ohne Grenzen*. Manche Rebellen zwingen die Pygmäen, von anderen Pygmäen zu essen. Oder Teile ihres eigenen Körpers zu essen. Plötzlich vom Schicksal des kleinsten Volkes der Erde besessen, klickst du dich von Website zu Website, bis die Augen tränen, aus Erschöpfung, Trauer, Entsetzen, und weil sie in der dritten Woche nach einer Chemotherapiebehandlung sowieso tränen und jucken

Morgens ist das Kopfkissen schmuddelig, mit Haaren bedeckt. Die letzten Haare fallen bei jeder Bewegung, fallen, rieseln, halbzentimeterlange silberne Stoppeln. Kahle Stellen, rosa Kopfhaut schimmert durch, du siehst aus wie von Mäusen angefressen. Das Stadium des exzentrischen Haarschnitts ist vorbei. Der Totenschädel rückt nah. Du ziehst an den Stoppeln, hältst kurze Büschel, Pinsel zwischen zwei Fingern. Eine Videoinstallation und alle Haare auszupfen? Ach ... ach. Schulterzucken. Manche Kunstformen machen nur noch müder. Du denkst an die zusammengepreßte Brust hinter Plexiglas, jenes Objekt, von dem sich alle schnell wieder abgewandt haben, als sie in die Glasvitrine auf ein Konglomerat aus Haut, Knorpel, Fettgewebe spähten, das wie ein Stück Pansen zwischen zwei Plexiglasscheiben eingeklemmt war. Eine Fotografin hat ihre amputierte konservierte Brust ausgestellt. Wie abstrakt dieses Objekt anmutete, damals, wie es tatsächlich ein weit entferntes ausgestelltes Objekt war, sicher hinter Glas verwahrt

Glatzen werden auch ohne Krankheiten geschoren. Es verschlägt dir den Atem, als du in den Spiegel schaust, dir gruselt, als du deine Kopfhaut berührst. Deine Hände fassen etwas an, das sich wie eine Badekappe aus Gummi anfühlt. Im Spiegel siehst du, daß deine Hände deine Kopfhaut anfassen. Du schaust ein Gegenüber an, dessen Kopfhaut noch bleicher ist als das Gesicht. In den Cafés studierst du mit großer Aufmerksamkeit Glatzen. Niemand starrt dich an, wenn du den Turban abnimmst. Du bist futuristisch geworden. Die einen ordnen dich bei Krebs ein, die anderen zwischen Punk und Kunst

Es geht auf den Winter zu. Das hat den Vorteil, daß du dir eine Sammlung von Schals, Hüten und Mützen zulegen und bunt schillernde Tücher zu Turbanen um deinen Kopf schlingen kannst. Die beiden Häute, die Gesichtshaut und die Kopfhaut gleichen sich nur langsam an. Du spürst ein wachsendes Bedürfnis, diesen deinen einzigen Kopf in deine Hände zu nehmen, ihn von allen Seiten immer wieder zärtlich zu drücken und zu streicheln und ihn allmählich kennenzulernen. Die Glatze hat von einem Tag zum anderen einen unbekannten Körperteil zum Vorschein gebracht. Im Verlauf der Wochen verliert die Kopfhaut allmählich das badekappige Gummigefühl, wenn du sie berührst. Sie wird zunehmend weicher, ihre Farbe ähnelt allmählich der Farbe deiner Stirn, die zwar sehr bleich aussieht, aber nicht die Totenblässe der Kopfhaut nach der Rasur zeigt

Deine Augen sehen nackter aus, obwohl dir weder Wimpern noch Augenbrauen ausfallen. Deine Lippen schmecken salzig und süßlich gleichzeitig. Ein fremdes Salz mit einem metallischen Geschmack. Dein Speichel schmeckt weder richtig salzig noch sauer, weder bitter noch süß. Von allem etwas und noch etwas dazu, das dein Speichel nicht kennt. Jemand hat eine Ladung Chemikalien in einen Fluß gekippt. Widerwillen gegen Essen. Allein der Gedanke an Essen löst Ekel aus. Am schlimmsten ist der

Popcorngeruch im Kino. Der Biß ist verrutscht. Brei und abermals Brei essen. Die Zähne im Mund zu groß. Zu schwer. Das Zahnfleisch puckert. Angeschwollen schiebt es sich zwischen die Zähne hinein. Große schmerzhafte Fieberblase am Zungenrand. Jede kleinste Bewegung im Mund schmerzt. Du sprichst mit einem Kloß im Mund oder als hättest du eine Angina. Mund halten. Nicht essen. Morgens Schwarztee, ein Stück Panettone, Bissen um Bissen eintunken. Malmen. Berührung mit Fieberblase unvermeidbar. Langsam, noch langsamer malmen, als sei da nur noch Gaumen ohne Zahn. Malmen, bis jeder Bissen flüssig geworden ist. Die Brandenburgischen Konzerte durch die Wohnung schallen lassen, Trompeten, hoch, jubelnd, triumphierend, gegen Depression. Brei und abermals Brei. *Comfort food.* Sobald die Zunge weniger brennt, die offenen Stellen abheilen, sofort schneller essen, mehr essen wollen, gierig nach Abwechslung. Ziegenkäse, Nußbrot, Olivenöl. Rinde abschneiden, Brot aussaugen. Zähne zu dicht nebeneinander. Zementiertes Gebiß. Womit sind die Zähne belegt? Mit chemischen Ablagerungen? Sieht es so in deinem Körperinneren aus? Durchseuchung aller Organe, Gewebe, Gefäße?

In der ersten Woche nach einer Behandlung sind die Nächte vollkommen zerfahren. Du weißt nicht, wo du nachts umherfährst. Morgens weißt du nicht, ob du geschlafen hast. Es gibt keine Ränder mehr. Als ob die Straßen zu beiden Seiten keine Ränder haben, obwohl immer noch Häuser dastehen. Alles ist gedämpft, nivelliert. Wenn du Gras geraucht hast, ist der Schlaf ein wenig tiefer und länger. Du hast keine Erinnerung an den Schlaf. Du weißt nicht, wie eine Stunde angefangen, wie sie weitergegangen ist, was geschieht, während die Zeiger vorrücken. Du weißt nicht, ob die Zeiger weitergerückt sind, was vor einer Stunde gewesen ist, ob es dieselbe Stunde ist, die gerade anfängt, wenn du auf die Uhr schaust, oder eine andere. Es kommt vor, daß du auf der Treppe stehenbleibst und dich nicht daran erinnern kannst, ob du im Begriff gewesen bist, hinauf- oder hinabzugehen. Und wenn? fragst du dich. Wenn es wiederkommt? fragst du dich auf der Treppe, hinauf oder hinab, mit einem Fuß in der Schwebe

Wenn der Krebs wiederkommt? Wenn der Krebs zum Leben gehören sollte?

Lou! möchtest du schreien, Lou! Werde ich jemals wieder wandern können, ausschreiten, eine Anhöhe hinaufgehen, ohne daß es mir nach drei Schritten das Herz abdrückt?, und laufen, rennen, laufen, stell dir vor, mich in den Wind stemmen, die Arme ausbreiten, hangabwärts, querfeldein

All die Prognosen und Drohungen, willst du sagen, unter denen man sich krümmt, die einem wie Kapuzen übergestülpt werden, unter denen man zu ersticken droht

Sich mit aller Macht aufbäumt, sich an alles klammert, was einem versagt bleiben könnte, die kleinen Gesten, mit denen man sich vorsagt, bestätigt: alle Tage, das ist Alltag, die kleinen Worte, hast du noch Metrotickets, es ist noch Suppe da, der Flieder beginnt zu blühen, kleine Münzen, ein Obdachloser hat eine Handvoll *quarters,* wechselt dir einen Dollar für die Parkuhr, das beruhigende Dröhnen im

Schlaf, der Müll wird abgeholt, der Schnee geräumt, das Blubbern und Zischen des Espressos am Morgen, Wasser

Achtzehn Liter Quellwasser, es gluckert im Plastikbehälter, wenn man zapft

Eine Wohnungstür, einen Haken, den Mantel aufzuhängen, Lieblingstassen, Vasen für Tulpen und Rosen, eine Vorratskammer, das halb gelesene Buch in der Hand

Haben, dieser Luxus, eine Lieblingstasse, Lieblingsmusik, Zeit, Pläne haben, eine schlaflose Nacht haben, welch ein Luxus, Arme zu haben, sie umeinanderlegen, mit Lou aus einem Fenster in die Nacht hinausschauen

Du kannst keinen Finger rühren. Der Schweiß bricht dir aus allen Poren. Dein Text könnte abreißen. Du würdest nicht auf zwanzig Sommer voller Stockrosen zurückblicken können, nicht auf zehn, vielleicht nicht einmal mehr auf fünf. Du würdest dich im Alter nicht an das Älterwerden erinnern. Lou würde nicht mehr *do you remember?* zu dir sagen: Als wir mit siebzig im Grand Canyon gewandert sind?

Und weswegen, womit? In den Umkleidekabinen der Röntgenabteilungen steht jeweils ein Plastikbecher, der sich im Lauf des Vormittages mit kleinen runden Aufklebern aus blauem Plastikmaterial anfüllt. Sie sehen wie große Druckknöpfe aus und werden auf die Brustknospen geklebt, um diese bei der Röntgenaufnahme zu schonen. Ein Behälter voller Brustknospenschoner, die man nach der Mammografie ablegt wie den hellblauen Krankenhauskittel, den man in den Behälter für Schmutzwäsche wirft. Aus der ganzen Stadt, aus allen Himmelsrichtungen kommen Frauen jeden Tag zum Röntgen und klauben hinterher die blauen Plastikaufkleber von ihren Brüsten und werfen sie in den Behälter. Grußlos, wortlos hasten sie im Flur zwischen den Umkleidekabinen aneinander vorbei. Im Wartesaal wird man kurz von aufblickenden Augenpaaren gemustert: Du auch. Wer ist zum ersten Mal hier, wer zum fünften-, achtenmal und weswegen, womit? Brüste, Lunge, Leber, Darm, Gehirn?

An guten wie an schlechten Tagen, sagst du zu Lou, habe ich meine Handtasche im Flur auf einem Regal abgestellt. Nach jeder Chemotherapiebehandlung habe ich die Packungen mit den im Krankenhaus mitgegebenen Pillen mit der Handtasche dort abgestellt. Noch Monate später, sagst du, ist ein Übelkeitsgefühl durch den ganzen Körper geschwappt, sobald ich die Tasche dort hingestellt habe, eine Hitze im Kopf, als sei etwas verbrannt

Alle schnell wachsenden Zellen sind während vier Monaten immer wieder abgetötet worden. Zurück bleibt ein vages Empfinden im Organismus, wie es wäre, wenn nichts mehr zu schnell wachsen müßte, zu schnell entschieden, behandelt, beackert, produziert würde. Wenn sich nicht alles um Sensationen drehte, um Eroberungen, wenn es nicht allenthalben stets um Feldzüge ginge. Etwas ist abgefallen, fällt unaufhaltsam ab, so wie mit den Haaren eine Staffage zu Boden gefallen ist. Was brachliegt, ist ein Brachfeld, das sich erholt, eine chemisch induzierte Brache

Die Zeit dehnt sich mit dem in allem zurückgeworfenen Körper aus, den weichen Muskeln, dem kurzen Atem, dem angestrengten Herzklopfen. Entsetzt nimmst du wahr, wie weit weg du gewesen bist, wie abgestumpft und geschwächt, wie betäubt die Körpergewebe sich anfühlen, wie sie nur langsam aufzutauen beginnen, äußerst langsam

Die Zeit hat sich hinter dem Horizont angesammelt und breitet sich uneingeteilt aus. Ein ganzes Jahr entrollt sich vor dir, so überwältigend weit und groß, als stündest du nach einer Zeit der Verbannung in einem engen Tal plötzlich am Meer

Hinter der blinden Landschaft. Wenn es im Manuskript weitergeht, wölbt sich die Zeit wieder in den Raum hinein. Du schaltest den Bildschirm aus und schreibst, ohne die getippten Zeichen zu lesen. *À qui de droit,* beginnst du zu schreiben: An die zuständige Behörde. Wenn du aufschaust, blickst du in die sanfte Leere der Mattscheibe, die das Geschriebene unsichtbar aufbewahrt

Madame, Monsieur,
 ich erlaube mir, Ihnen noch Mitteilung von einigen Begebenheiten zu machen, die mir darauf hinzuweisen schienen, daß ich dabei war, Fuß zu fassen. So habe ich beispielsweise einmal gesehen, wie Lou an einem Vormittag im März mitten im Wald mit dem Müllsack zur Straße hochgerannt ist, bei minus fünfzehn, vielleicht minus zwanzig Grad. Ich habe zugeschaut, wie sie zum Haus zurückgerannt und mitten auf dem festgetretenen Schneepfad zwischen den Schneewällen stehengeblieben ist, um den Kopf in den Nacken zu legen, die Arme zu den Kronen der Birken und Ahornbäume hochzustrecken und zu lächeln. Wie immer ist sie mit offenem Mantel, die nackten Beine in den fellgefütterten Stiefeln, zur Straße hochgerannt. Die Bewegung der Arme hat den Blick auf das pinkfarbene Mantelfutter und ihren weich getragenen afrikanischen Boubou freigegeben. Im Morgenlicht dampfte ihr Körper die nachts

gespeicherte Wärme aus und bildete seinen Umriß als Atemhauch nach.

In jenem Augenblick habe ich gesehen, daß sie etwas anlächelte und von etwas wußte, das ich nicht sah und nicht wußte. Sie hielt die Arme weit nach oben ausgebreitet und hat einen Himmel angelächelt, der nur wäßrigen Schnee und zugefrorene Seen widerspiegelte, der keinerlei Hoffnung auf Farbe enthielt, auf Blattgrün, das dem Himmelsblau entgegenwachsen würde, auf schwirrende Vogelrufe unter seiner Kuppel. *Madame, Monsieur,* in Ihrem Land gibt es im März nicht die geringste Andeutung eines Farbtupfers, nichts, das beispielsweise die Erinnerung an einen Krokus wachrufen könnte, nicht einmal an ein Schneeglöckchen, und auch im April, mußte ich begreifen, würde mein Auge noch nicht aufleben können. Es gab nur diesen Moment, in dem Lou in einer selbstvergessenen Geste die Arme hob, und mir zeigte, daß sie wie ein Kind darauf vertraute, es werde eines Tages Frühling werden.

Madame, Monsieur, am Anfang sind alle Einheimischen Fremde. Während man zusammen ißt und die Sprachen von Mund zu Mund weitergibt, kommt man sich näher. Doch für Neuankömmlinge stellt sich die berechtigte Frage: Läßt sich Vertrauen wie eine Geste, eine Redewendung nachahmen? Selbst in der Phase tiefster Liebesblindheit wäre es mir damals, Ende des Winters, nicht gelungen, zu sehen und zu glauben, was Lou sah und woran sie glaubte. Andererseits kann es sein, daß Vertrauen durch einen Traum in einem fremden Schlaf entsteht und weitergegeben wird. Wie soll das angehen? werden Sie sich fragen.

Voyez-vous, ich stehe immer noch im Dunkeln, mitten

im Raum, taste meine Umgebung mit einem Fuß in alle Richtungen ab, während etwas mich schüttelt, das *falling into pieces, être en petits morceaux* heißt. Da schlüpfen drei kleine Frauen in Lous Traum hinein.

Es gab Musik, sagt sie am nächsten Morgen verwundert, irische Tanzmusik und drei kleine Frauen. Winzige kleine Frauen, setzt sie hinzu, etwa handhoch, sie sind im Pulk mit den Musikanten vorbeigezogen, um kurz nach dem Rechten zu sehen und mir auszurichten, es werde sich alles einrenken.

Madame, Monsieur, ich habe die Erleichterung als erstes in den Augen gespürt. Wenn man lange vor der Eisfläche eines riesigen Sees steht, kommt es vor, daß man plötzlich einen winzigen schwarzen Punkt wahrnimmt. Es kann ein Mensch auf Schneeschuhen oder Skiern oder jemand beim Eisfischen sein. Eine Spannung läßt nach. Man kann aufhören, angestrengt in die Ferne zu starren oder den Horizont nach etwas abzusuchen. So habe ich mich gefühlt. Hinter der blinden Landschaft hat sich etwas geregt, hat mein Lamentieren erhört, hat sich auf den Weg gemacht und in Lous Schlaf zwischen Bekümmernis und Mitgefühl Einlaß gefunden. Natürlich möchte ich diese Episode keinesfalls verallgemeinern. Ich habe lediglich den Drang verspürt, ihnen mitzuteilen, daß man sich auf die wunderlichste Art vom Zustand, *depaysé/e* zu sein, befreien kann.

Schließlich bin ich eines schönen Morgens mit fremden Worten in meinem eigenen Traum angekommen. Noch im Schlaf habe ich deutlich meine offene Wohnungstür gesehen, dahinter das üppige, lichtdurchflutete Grün eines Ahornbaumes und einen Schneeball, der sachte über die

Türschwelle und dann den Flur entlang rollte. Eine Stimme sagte: *A snowball rolled over the threshold, and its sound woke me up.* Ich erwachte mit einem Schlag. Vor dem Fenster bewegten sich grüne Blätter im Wind. Ich drehte den Klang des Satzes im Mund hin und her und konnte ihn nicht übersetzen, weil mir da, an jenem Morgen, sound besser gefallen hat als Ton. Ein Schneeball rollte über die Schwelle, und sein Ton weckte mich auf, sagte ich vor mich hin. Oder war es sein Laut, sein Geräusch oder sein Klang? *Madame, Monsieur,* ich weiß es nicht. Mit einem vollständigen fremden Satz im Ohr stand ich auf. Er war mir nicht fremd, er kam aus meinem Schlaf.

Falling into place. Durch die schmale Öffnung am unteren Rand der Augenbinde siehst du, wie es weitergeht: Mit Schlaf. Nachts rückst du näher an das Land heran, du schläfst mit dem Land, allmählich durch Gestrüpp, Gestein, Erdschichten, Farn, Moos hineinsinkend, oder du trudelst horizontal über Landschaften, durch die Stadt, ein milchiger Traumwirbel, eine kleine Windhose, die durch die Straßen kreiselt, durch die Kakofonie der Aufführungen, Vorführungen, Inszenierungen, Behauptungen hindurch

Nachts läßt du die Anstrengung von Jahren fahren, die Landesgeschichte, die Literaturen, die Theater, die Schreibenden, die Namen, die katholische Kirche, die Namen der Heiligen, die Geschichte der Nonnen, die Geschichte Montréals, die Filme, die Chansons, die Unabhängigkeitsdebatten, die Referendumsdebatten, die Identitätsdebatten, die Geschichte der First Nations, der Sprachen, der Wälder, des Wassers, des Wasserhandels

Nachts, wenn du aufwachst, sagst du, *everything starts falling into place,* und schläfst sofort wieder ein. Blätter rascheln vor dem Fenster, die Stimme des Windes sagt dir, daß eine Wand da ist, an der Zweige entlangschaben, daß er an einem Fensterrahmen rüttelt. *The whistling of a train across the country,* der Pfiff der Eisenbahn tutet wie ein Schiffshorn, es schickt seinen Ton langgezogen über den ganzen Kontinent aus. Nah am Ohr flattert Wäsche im Wind über eine *ruelle* hinweg, die Seilrolle, ein *pulley* quietscht

Du sinkst in die Kissen, in den Schlaf, in deinen Körperabdruck in der Matratze zurück. Morgens weißt du nicht, befindet sich die Tür linkerhand oder rechterhand vom Bett, ist das Fenster hinter dir, vor dir, neben dir, bist du in der Stadt oder auf dem Land, bist du geflogen oder gefahren. Dann gehst du beim asiatischen Dépanneur eine Flasche Wasser für unterwegs kaufen. Die alte, gebückt gehende Mutter, kennt nur ein Wort, probiert es an jedem Kunden aus, ohne eine Miene zu verziehen: *Allô.* Beim Hinausgehen singsangst du wie eine Einheimische: *Bonne fin de journée!* Gutes Ende des Tages! Obwohl es erst fünf Minuten nach zwölf Uhr mittags ist oder auch nur eine Minute danach

Dann spült es dich die Main hinab, zum Fluß hinunter in die unverstellte Helligkeit des Himmels hinein, dann wieder von unten an der Avenue Parc bis oben an den Mont-Royal hinauf, mit Hunderten von anderen Hinauf- und Hinabgespülten, Vierbeinern, Zweibeinern, mit und ohne Räder. In den Straßen geht Wind, hebt Papierfetzen an, das träumerische Sirren der Zikaden vibriert in den Bäumen, die Cafés mit den offenen Panoramafenstern sind voll, die Trottoirs sind voller Menschen, die schlendern, lachen, stehen bleiben, sich unterhalten

Du sprichst bereits mit Gallizismen, sagst: auf St. Denis, *sur St. Denis.* Die-Rue-St.-Denis-entlang klänge schwerfällig dagegen. Weiter geht es, im *Village* unten auf St. Cathérine, an den Schwulen-Bars, Bistros, Restaurants, zwei lesbischen Discobars und den Regenbogenfahnen entlang, und morgen wirst du wieder gestern sagen können: Gestern bin ich stundenlang umhergestromert, vom Café Rico bis zur Main und wieder zurück bis zum Parc Lafontaine

Wenn erster Juli ist, zieht man in Montréal um, stellt alles an die Straße, womit man nicht mehr leben will, durchgelegene Matratzen werden auf die Trottoirs geworfen, Regalbretter, ganze Regale, Spiegel, Lampen. Die einen rangieren aus, die anderen grasen ab. Du nimmst einen weiß gestrichenen Schaukelstuhl, der am Straßenrand im Wind schaukelt, mit, läßt ihn auf deinem Balkon weiterschaukeln, an jeder Ecke eine *vente de garage*, ein *garage sale*, in allen Straßen stehen Umzugswagen im Weg, ein nicht nachlassendes Einladen, Ausladen findet statt, mit Bananenkartons die gewundenen Treppen hinauf, hinab, eine Stehlampe in einer Hand, einen Stapel Handtücher unter den anderen Arm geklemmt, nur von einer Straßenseite zur anderen umziehen, Pizza und Bier auf Treppenstufen. Abends ist alles umverteilt, nachts kommen die Räumautos, transportieren alles ab, was niemand haben wollte, eingesunkene Sofas Sessel Matratzen. Flüchtig, alles ist flüchtig inszeniert, zerfällt schnell, nichts ist fest angebunden, fliegt im Gegenteil eher davon oder wird flink entwendet

Vielleicht findet im inoffiziellen deutsch-québécois-internationalen Kulturzentrum der Stadt gerade ein Brunch statt, und du gesellst dich unter die zwanzig bis dreißig Anwesenden, Reisenden, Eingewanderten, Gestrandeten, Arrivierten, die mit vollen Tellern umhergehen, aufeinander einreden, Namen Titel Adressen austauschen, über Bücher Entführungen Theaterstücke Filme Regierungswechsel Kriege Gesetzesänderungen Übersetzungen reden und, je nach Jahr und Saison, wird es sich um Giuliana Sgrena, Hilde Domin, *Suite Française, Der Tango der Rashevskis, The Book of Salt* handeln, und man erzählt sich Anekdoten, in Berlin, sagt Melissa, schwimmen Schwäne im Kanal an der Admiralbrücke, jemand habe im Abendlicht auf der Brücke gestanden und Geige gespielt, und einer ihrer Schützlinge aus der Flüchtlingshilfe habe sie gefragt, wem die Schwäne gehören und wer sie esse?

Am Carré St. Louis, einem verträumten, kleinen Platz mit alten Bäumen und Bänken wie in Paris oder Berlin, mit einem verschnörkelten Rundbau für Imbisse, riecht es im Sommer nach Pot, überall wird gekifft oder aus Flaschen getrunken, die in einer braunen Papiertüte eingewickelt sind, Kiffer, Obdachlose, dösende Alte auf den Parkbänken. In der trägen Nachmittagshitze lagert eine Gruppe junger Leute im Gras, in eine Cannabiswolke gehüllt, und einen schlafenden Hund zwischen sich. Alle sind damit beschäftigt, einander reihum eine armdicke Schlange weiterzureichen, eine Boa oder Python, diese unablässig berührend, sie anhebend, streichelnd, schläfrig, bekifft, als wollten sie einander Kundalinienergie offerieren. Die Menschen, die auf Parkbänken vor sich hindämmern oder im Gras liegen, schenken der Schlange keine Beachtung. Allesamt sind sie etwas weggetreten vor Hitze, Alkohol oder Drogen, scheinen so *friendly* und friedlich nebeneinander, *quite casually,* zwanglos, *en passant*

Vage, unbestimmt. Dein Land, sagst du in Gedanken zu Lou und drehst dich um, zum Fenster hin, dein Land ist undurchdringlich, sage mir, wer du bist. Bist du Mensch, Schimäre, Geliebte, Landschaft? Bist du die Küstenlinie, die mich, von Europa herkommend, aus der Vogelperspektive begrüßt? Bist du Entfernung, Wegstrecke, die Fortbewegung überland bis zum Horizont, oder bist du die Stille, die sich verdichtet in einem Meer von Bäumen, wie ich Stille noch nie gehört habe, Stille, in der ich mich in alle Richtungen zurücklehnen kann, ohne an anderen Gedanken anzuecken? Bist du das Schweigen in dieser menschenleeren Landschaft, oder bist du ein Land, und wäre das Land dann eine Provinz und hieße sie Québec?

Von der Erdanziehungskraft angezogen, spürst du, wie du schwerer wirst, am Boden zu haften beginnst, so daß das Leben wieder sein könnte wie das Unzubereitete, wie einer jener Tage, an dem sich ein Ding ans andere reiht. Ein Tag, an dem die Ziffern an den Uhren verblassen und die Zeit ganz auf einen einstrahlt, nicht weil man auf Reisen ist oder besessen schreibt, oder innehält, weil jemand gestorben ist, oder weil man trunken vor Liebe alles um sich vergißt. Das Gefühl des langen verlangenden Tages erlebt man für sich allein

Die Stunden haben ihr Interesse an einem verloren. Man geht umher. Selbst wenn zwei Liebende zusammen sind, sieht jede den Tag für sich, ungeteilt. Das Blinken im Morgenlicht. Das Gurgeln der Stare. Das blinkende Email der Badewanne. Die Wärme einer Kerzenflamme. Dunst, der aus dem Wasser aufsteigt, den Spiegel behaucht, das Glas, die Kacheln. Abperlende Wassertropfen am Körper, der glänzende Körper, der Wasserfilm, der Schweiß. Das Leben ist vage, unbestimmt, wie das Verlangen nach Körpern, wie das verlangende Ausstrecken der Arme. Es fließt in den Abend, in die Nacht hinaus, in den nächsten Tag, die Straße hinab, durch alle Straßen hindurch ins Land hinein, überzieht das ganze Land, ein angrenzendes Land, noch ein angrenzendes Land, umschlingt den Erdball, es kehrt zu uns zurück, es ist Morgen. Das Verlangen, die Geliebte zu spüren, im Rücken, am Bauch, in den Umdrehungen im Schlaf. Das Dehnen des Körpers an ihren Körper heran, das Verlangen nach Haut, nach Feuchtigkeit, nach Hand. Der Blick aus dem Fenster. Der Wind rollt die kleinen Katzen hin und her. Der Sessel am Feuer. Die Bücher. Der Kaffee. Die Geliebte, nur einen Raum entfernt, die Geliebte. Das Verlangen des Körpers, sich in warme Luft zu schmiegen, ins Sonnenlicht. Der nachgiebige Sand, der Kiefernduft. Die Baumrinden leuchten von innen heraus. Das Verlangen nach Schlaf, einem schattigen Raum. Das Verlangen nach Essen, nach Zubereitung, nach Verfeinerung, nach Anbieten, Verführen. Das Verlangen, ein Buch zu lesen, nach den Lesestunden eines ganzen Buches. Das Verlangen weiterzuleben

Das Licht sickert durch einen Spalt am unteren Rand der Augenbinde ein, die Nacht ist schwül, feuchtheiß gewesen, du möchtest an die Küste zurückfahren, über die du gerade geflogen bist, an den leuchtend rosafarbenen Feldern voller Lichtnelken vorbei zum Meer hinuntergehen, man sieht das Blau hinter dem rosa Blumenmeer, die Klippen, die die Bucht einfassen. In der Leere fächert sich der Text in unglaublicher Schnelligkeit auf

Lou sitzt im Sessel an deiner Seite des Bettes. Sie wartet darauf, daß du aufhörst, im Geist zu schreiben, die Augenbinde abnehmen, *do not* und *disturb* beiseite legen wirst. Gleich wird sie einen Satz sagen, der das Schreiben bis hierher im Untergrund zusammengehalten und weitergetrieben hat. Die Sonne wärmt ihren Rücken. Wartet sie auf englisch auf französisch?

It is like staring at a blind screen, hat sie manchmal gesagt, wenn du dich in Gedanken entfernt hast, als ob sie auf einen Bildschirm starre, der nichts preisgebe, obwohl dein Tippen doch zeigt, daß du der Maschine alles anvertraust

Es kommt vor, daß du ein Ohr zwischen ihre Brüste legst und reglos liegen bleibst, selbst in ein riesiges Ohr verwandelt, das in sie hineinlauscht, aus ihr heraushören will, wie es ist, in diesem Land geboren zu sein, seine Verschlüsselungen in- und auswendig zu kennen. Du bleibst so lange liegen, bis Lous Beine zu zappeln beginnen und sie sich unter den Armen kratzen muß. Ist *space* größer als Raum? fragst du, aufgeschreckt. Breitet *space* sich auch innen in deinem Körper aus, wie die Stille in den Wäldern?

Lou schaut auf deine verblichene, ausgefranste Augenbinde. Überall, jederzeit eine Schutzschicht, denkt sie, selbst diese rührenden Stoffetzen vor dem Aufwachen, die das Schreiben in Gedanken abschirmen sollen, eine Außenwelt in Schach halten, die zu hastig an dich herantreten könnte. Die Sonne ist bereits heiß, im Rücken hört sie die Geräusche der Stadt. Wenn wir am Atlantik wären, denkt sie, könnten wir zur Bucht hinabgehen, an den rosafarbenen Blumenfeldern entlang, bis man sieht, wie die Wasserfläche sich vom Auge wegdehnt, wegfließt und in weich gefalteten Dünungen wiederkehrt, man sieht das Blau hinter dem rosa Blumenmeer, dann die Klippen

Lou, sagst du plötzlich (meine Stimme ist zu laut und ungeschlacht, als sei ich ihrer nicht mächtig, denkst du), würdest du sagen, daß eine geschlossene Tür manchmal einfach nur eine geschlossene Tür ist?

Die Augenbinde abnehmend, fragst du, Lou, *how long have you been sitting here? What are you doing?*

Und Lou antwortet, als sei ihr die Antwort auf ihr ganzes Leben eingefallen: *I am waiting for an invitation*

III

Im Wald verliert die Freiheit ihren Namen. Zu viele Bindungen. Zuviel Efeu, Brombeerranken, zu viele kleine Tiere und große Raubtiere, die Herrscher des Waldes. Das Raubtier, das in ihr Territorium eindringt, das ist der Mensch. Im Innern des Waldes, wo sie wohnen, sind alle Tiere Haustiere.

Antonine Maillet: L'Oursiade

Daß man sich bedingungslos auf sie einläßt. Auf Häuser ist Verlaß. Sie kommen und gehen. Das kleine Holzhaus, in dem ich schreibe, steht oben an einem Hang, als stünde es in den Bergen mit Blick ins Tal, eine Lage, die in dieser Gegend Québecs, in den *Eastern Townships,* ganz untypisch ist. Vor der Küchentür steigt die Böschung zur Erdstraße an, und dahinter wölbt sich der Wald hoch. Die Wölbung ist mit Baumstecken und im Winter mit kahlen Ästen bestückt, zwischen denen die Sterne zum Greifen nah funkeln. Von der Holzveranda hinter dem Haus und oben vom Schreibzimmer aus sehe ich weit über bewaldete Hänge und Hügelketten auf die grünen Berge in Vermont, die sich blau vom Horizont abheben. Genau gegenüber öffnet sich im dicht bewaldeten Hang eine Schneise und gibt ein Stück Erdstraße frei. Sie soll zur *Underground Railroad* gehört haben, einem Netz von Fluchtwegen, auf denen Sklaven aus den USA nach Norden flohen und unterwegs in bestimmten Häusern Aufnahme fanden.

Das Haus steht wie eine Kiste am Hang, wie eine Zimmerkiste. Nachts, wenn die Fenster erleuchtet sind, sieht es aus wie ein Hausboot. Die Hauswände sind nicht viel dicker als die Wände eines Zimmers. Wenn ich unten am Hang stehe und hinaufschaue oder eineinhalb Stunden durch den Wald gehe und von der *Underground Railroad* aus hinüberschaue, habe ich das Gefühl, das Haus könnte jederzeit den Hang hinabrutschen oder hätte während meiner kurzen Abwesenheit bereits von Gesträuch und Gestrüpp zugewachsen sein können, wie das Gebilde auf der anderen Seite der Erdstraße, das einmal ein Haus gewesen ist, das Jahr um Jahr mehr in sich zusammensinkt, während der Wald es sich einverleibt.

Rings um das Haus formen Bäume und Büsche eine riesige Skulptur aus Laubwerk und Nadelbäumen, die sich in allen Abstufungen und Grüntönen überlappen, ineinandergewachsen sind. Um die Baumstämme herum und zwischen ihnen schießen junge Bäumchen und Gebüsch empor. Taglilien, hellblaue Astern, Goldrute, Nachtkerzen, rötlich wehende Gräser wachsen bis an die untersten Äste heran. Die Fenster rahmen Ausschnitte von Bäumen und Büschen ein. Je nachdem, ob diese weiter unten oder weiter oben am Hang oder auf gleicher Höhe wie das Haus stehen, sind es Baumkronen oder Äste und Zweige im Mittelteil eines Baumes, die sich im Wind drehen und wenden, sich ineinanderwühlen, als bewegten sie sich wie Arme um die eigene Achse.

Über dem Küchenanbau rumoren Eichhörnchen und Streifenhörnchen. In allen Wänden kratzen und schaben feine spitze Krällchen, Mäusekrällchen, Fledermauskrällchen. In der Abenddämmerung schlüpfen an die sechzig Fledermäuse eine nach der anderen aus den Ritzen unter dem Dach hervor und entschwinden lautlos wie die Luft, die nachdunkelt. In der Morgendämmerung schwirren sie wie schwarze Blätter zwischen den grünen Händen des Ahorns vor meinem Fenster umher, bevor sie wieder im Dachboden verschwinden.

Hier schreibe ich über die Aare. Großzügig weise ich an ihrem Ufer in die Runde, so wie Lou es in ihrem Land getan hat, als sie sagte: Hier sind meine Seen, meine Wälder, meine Stromschnellen, meine Kojoten, Luchse, Elche, Stachelschweine, Stinktiere, Bären und *cougars*.

Das ist die Aare, sage ich zu ihr. Ich könnte hinzufügen: Und das ist die Bevölkerung der Stadt Bern, die Kopf an Kopf in der Aare schwimmt, oder auch: Das hier ist der schönste Strand der Welt. Doch ich schweige feierlich. Zufrieden betrachte ich mein Werk und Lou, die mit offenem Mund stehengeblieben ist und die Szenerie in Zeitlupe in sich aufnimmt. Männlein und Weiblein kommen mit dem Fahrrad an, den Kommissionenkorb, die jahrzehntealte abgewetzte, sorgfältig gepflegte Aktentasche auf dem Gepäckträger eingeklemmt. Man löst Hosenklammern, BH-Verschlüsse, Krawattenknoten, Kragenknöpfe, Gürtel, bindet sich ein schüchternes Handtuch um die Hüften oder strampelt sich unter einem Kleid in einen Badeanzug, verstaut schließlich alle Kleidungsstücke zusammengefaltet im Gebüsch und geht eine Treppe hinab oder, wenn es im Eichholz, dem Berner Campingplatz, ist, über die runden Flußkiesel bis zum Wasser. Dort stellt man sich hin und schaut sich um. Man läßt sich Zeit. Das Ohr wird ganz vom Rauschen des Wassers ausgefüllt. Man ergeht sich in der Betrachtung der flaschengrünen Farbe, der Zweige der Trauerweiden, die am anderen Ufer im Wasser schleifen, der Strudel und Wirbel, die dort kleine Wellenhügel formen, über die manche im Schmetterlingsstil auf und ab schwimmen. Man saugt den Geruch nach Aare, nassen Baumstämmen, Sand, Kiesel, Sonnenmilch in sich ein.

Man schaut den vorbeischwimmenden Köpfen zu, alten, jungen, kleinen Kindern mit Schwimmreifen. Man nimmt jene in Augenschein, die sich gerade von der Flußmitte zum Ufer hinarbeiten, oder jene, die kurz davor sind, sich in die Strömung zu werfen und von ihr weitergetragen werden. Kinder lassen sich an einem Seil von einer Trauerweide ins Wasser fallen, schwimmen sofort aus Leibeskräften ans Ufer zurück und wieseln auf allen vieren das Steilufer neben einer Treppe hoch. Die Luft schwirrt von Schreien, Juchzern, triumphierenden Ausrufen. Dicht besetzte Gummiboote, mit und ohne barbusige Galionsfiguren, ziehen eines nach dem anderen vorbei, ringsum stolpern Kleinkinder und Hunde durcheinander. Die Menschen, die bis zur großen Treppe im Marzilibad geschwommen sind, spazieren in Vierer- und Sechserreihen flußaufwärts und kommen als nicht nachlassender Strom am Strand im Eichholz an, um sich wieder ins Wasser zu werfen und bis zum Marzili zu schwimmen.

Sobald man sich entschieden hat, schwimmen zu gehen, muß man mit dem Fluß mitmachen. Als erstes muß man sich rasch vom Ufer fortbewegen, weil unter Wasser kantige Felsbrocken liegen, an denen man sich die Knie aufschlagen könnte. Man muß das Wasser sofort quer zur Strömung bis zur Mitte des Flusses durchpflügen. Dann kann man sich treiben lassen, aber hin- und herschwimmen, wie in einem See die Richtungen wechseln kann man nicht. Gegen die Strömung kommt man auf keinen Fall an. Wenn man sich an der gleichen Stelle halten möchte, absolviert man bereits ein intensives Krafttraining. Hat man die Mitte des Flußes erreicht, ist man im Zustand der

Glückseligkeit angelangt. In der Aare wird bernischer Alltag in sein Gegenteil verkehrt. Man muß schnell sein, sogar äußerst schnell. Man öffnet das Gesicht, die Augen, den Mund, das Herz, um die Glückseligkeit einzulassen, man schreit ihr über das Wasser aus voller Kehle zu.

Noch nie, sage ich zu Lou, ist es vorgekommen, daß man in der Aare ein mürrisches Gesicht hätte vorbeischwimmen sehen.

Die Aare verlangt, daß man sich bedingungslos auf sie einläßt, daß man jeden Atemzug lang wach und präsent bleibt. Man kann nicht in Trübsinn und verbohrten Gedankengängen verharren und mechanisch vor sich hinschwimmen, ohne darauf zu achten, wo man sich befindet. Vor allem muß man genau wissen, wo man wieder hinaus möchte, muß die Stelle kennen und rechtzeitig anfangen, sie diagonal und quer zur Strömung anzusteuern. Das Flußbett ist tief ausgehöhlt, zerklüftet, voller Strudellöcher und ausgewaschener Wirbelbildungen. Wenn man es mit bloßem Auge sähe, würde man ob des gefährlichen Untergrundes schaudernd sagen, das ist ja unerhört, daß wir hier schwimmen gehen. Am Ufer begegnet man manchmal Angehörigen aus anderen Kantonen, die angereist sind, um sowohl die Aare als auch die Bären im Bärengraben anzuschauen.

Jeden Sommer kommt es vor, daß jemand ertrinkt oder zwei oder drei. Es kann ein Kind sein, das das Pech hat, den Fluß noch nicht gut genug zu kennen, oder seine Kräfte nicht richtig einschätzt. Es kommt auch vor, daß ein Erwachsener ertrinkt, dem das Schwimmen in der Aare unvertraut ist. Dann wiederum gibt es Einheimische, die an jedem Tag des Jahres in der Aare schwimmen gehen oder zumindest einmal ganz in sie eintauchen. Diese schwören darauf, daß das Wasser der Aare sie gesund erhält oder nach einer Krankheit auskuriert hat. Von den Gesteinswirbeln im Flußbett geht ein beständiges Strudeln und Quirlen durch den Fluß, das auch durch den Körper strömt und alle Zellen vibrieren läßt. Die Strömung der Aare rieselt durch den Körper hindurch wie der Kies am Grunde des Flußes rieselt, während er weitergeschoben wird. Alle Energierädchen beginnen sich schneller zu drehen und versprühen Energiepartikel wie Wassertropfen.

Lueg, sage ich zu Lou, nur hier mit mir am Ufer stehen, bis zu den Oberschenkeln im Wasser, die Füße in den rundgeschliffenen Steinen verankert, und die Strömung spüren, die dich fast fortreißt. *That's it.* Das wär's fürs erste, so zu stehen, das dunkelgrüne Wasser riechen, in dem die Schneeschmelze zu Tal gekommen ist und der schmelzende Gletscher auch. Der Fluß ruft nach Bewegung. Er bringt mir die Erinnerung daran zurück, wie ich mich ins Wasser werfen, wie schnell ich in die Flußmitte schwimmen muß, wie lange ich mich treiben lassen kann. Die Strömung der Aare trägt mich flußabwärts, zwei Meter pro Sekunde lese ich in der Zeitung, einhundertzwanzig Meter in jeder Minute. Die Spaziergänger auf den Uferwegen müßten rennen, um mit den Schwimmenden mitzukommen. Nur Fahrräder sind schneller.

Wenn ich die Ohren unter Wasser halte, wenn ich mich auf dem Rücken unter den Wolken, den Baumwipfeln von beiden Ufern und unter dem Flug vereinzelter Reiher, die den Fluß überfliegen, treiben lasse, höre ich den Kies am Grund des Flusses weiterwandern, ein Feinstgeschiebe. Es sagt mir, daß ich reise, mitten im Fluß ohne mein Zutun weiter befördert werde, als sei ich selbst ein Gefährt, ein Boot, so wie mir das Rollen der Räder in manchen Zügen immer noch übermittelt, daß ich im Zug fahre, und sei es nur, weil ich diese Wahrnehmung aus der Kindheit bewahrt habe und sie belebt wird, wenn ich im Zug sitze, obwohl es sehr selten geworden ist, daß man das Rollen der Räder im Zug noch hört.

In der lautlosen Weiterbeförderung kann man um so besser eine Stimme hören, die schon seit geraumer Zeit weiter hinten im Waggon wiederholt: *your passport — where is your passport — show me your passport — no, this is not your passport — I want to see your passport — your name — what is your name — no this is not your name — show me your passport — where do you live — what is your address — I want to see your passport —* und von einer inneren Unruhe getrieben, steht man auf und nähert sich der Stimme an. Ein blutjunger Kontrolleur hat seine monotonen Fragen an einen Fahrgast gerichtet, der — könnte es anders sein? — eine dunkle Hautfarbe hat.

Während der Bahnfahrt aus den Bergen in die Niederungen wirkt Lou zunehmend in sich gekehrt, als nähme sie mit einem noch unfaßbaren Unbehagen an Gewicht zu. Ich sehe, wie die Fremde ihre Schatten auf sie senkt, die mit der neuesten Technologie und allem Komfort ausgestattete Bahn, das Schweigen zwischen den Menschen, das ununterbrochene Plappern in ein Handy, die sorgenvollen Gesichter. Ihre Fragen, die sie nach den ersten zwei Wanderwochen selbst in den Bergen gestellt hat, bleiben bestehen: *Why do people look depressed? Such a beautiful and rich country. Why are people so grumpy?*

Im Marzilibad stehen die Menschen auf den Treppenstufen, die zum Fluß hinabführen, als sei die Aare der Ganges. Ob Bankangestellte, Postangestellte, Busfahrer, Sekretärinnen, Akademikerinnen, Sozialarbeiter, Bundesräte, Lehrerinnen, Studenten, alle streifen an der Aare Krawatte, Anzug, Deux-pièces, Pumps, Hemd und Hose ab, um in das läuternde Gletscherwasser einzutauchen.

Lou schaut den Umkleidemanövern am Ufer der Aare mit höchster Verwunderung zu. Besonders nach Feierabend geht ein sachliches, unauffälliges Abstreifen von Kleidungsstücken vor sich, hinter oder vor einem Gebüsch, neben dem Fahrradweg, bei einer Sitzbank. Lou gehört einer Kultur an, die Beine vergöttert. In ihrem Land konzentriert sich Nacktheit auf sechs Monate lang Shorts, knappe Shorts, und viel Bein. Ansonsten ist man prüde. Es ist schon vorgekommen, daß die Nachbarn die Polizei geholt haben, weil ein nacktes Kind im Garten am Swimmingpool gespielt hat.

Nach einigen Tagen am Ufer der Aare zieht Lou Bilanz über die Berner Bevölkerung und ihr stilles, sachliches Umziehen in der Öffentlichkeit.

Maybe they don't associate nakedness with sex, vermutet sie. Vielleicht bringen sie Nacktheit nicht mit Sex in Verbindung.

Wohin sie sich drehen und wenden. Ein Hitzesommer ist ein Segen für das Seelenheil der Bevölkerung. Während sich in Frankreich die Leichen in den Kühlhäusern stapeln und Millionen Fische in Europas Flüssen verenden, schreiten die Bernerinnen und Berner die vielen Treppen zur Aare hinab und waschen sich von ihrer Todsünde rein.

Auf einer Zeichnung in einer Berner Chronik von 1485 hockt ein Bär, der an einen großen Stein gekettet ist, vielleicht an der Stadtmauer oder im Stadtgraben. Sicher weiß man nur, daß 1513 ein Bär in einem Häuschen beim Käfigturm gehalten wurde. Der Käfigturm, *d'Chefi,* der Käfig, war ein Gefängnis. Aus Ratsprotokollen und Stadtrechnungen geht hervor, daß ab Mitte des fünfzehnten Jahrhunderts immer wieder ein einzelner Bär gehalten worden ist, sei es als Kriegsbeute, als Geschenk eines Herzogs, eines Fürsten, einer Stadt an die andere. Mittelalterliche Adlige machten sich gern abgerichtete Tanzbären, Raben, Dohlen, Elstern zum Geschenk. Manch ein Herrscher oder Kirchenfürst reiste mit einer Menagerie durchs Land oder ließ einen gezähmten Löwen oder Bären zu seinen Füßen schlafen. Im Deutschland des 18. Jahrhunderts amüsierten sich Fürsten damit, in eigens dafür eingerichteten Hetzgärten oder in ummauerten Höfen, Bären gegen große Hunde oder Eber kämpfen zu lassen. In Wien gab es ein »k. k. privilegiertes Hetz-Amphitheater«, die Bärenkämpfe wurden auf

Hetzzetteln angekündigt. Königshäuser, Fürstenhäuser, Klöster hatten Tiergärten, in denen Bären, Wölfe, Steinböcke und gezähmte Vögel gehalten wurden.

What is this? fragt Lou verständnislos, als sie den ersten Berner Lebkuchen sieht. Warum ist die Zunge des Bären rot und herausgestreckt?

Mit gerunzelter Stirn betrachtet sie das Lebkuchenviereck, auf dem der Bär, von einer wellenförmigen Linie aus Zuckerguß umrandet, seine rot gefärbte Zuckergußzunge herausstreckt. Ich sehe ihr die Anstrengung an, die Verniedlichung eines Bären zur Kenntnis zu nehmen. Das Bild ist ihrer Vorstellungswelt durch und durch fremd. Ohne Resonanz bleibt es vor ihrem Gesicht stehen.

How stupid! sagt sie schließlich und schiebt den Lebkuchen mit einer mißbilligenden Geste beiseite.

Man muß alles vergessen, Schneeweißchen, Rosenrot, *Großer Bär, komm herab, zottige Nacht,* was eine Dichterin zu einem Gedicht veranlassen konnte, man muß den Bären selbst vergessen, der groß ist bei Ingeborg Bachmann, groß wie der Himmel, *Wolkenpelztier,* den sie als Himmelsgestirn anruft, *mit den alten Augen, Sternenaugen.* Einen Gefangenen kann man nicht anrufen. Um den Großen Bären anzurufen, legt man den Kopf in den Nacken. In Bern schauen die gaffenden Zuschauer auf die Bären hinab.

Ich reihe mich unter die Gaffenden ein und fotografiere hemmungslos.

Die Bären sitzen sommers wie winters unten im Bärengraben mit erhobenen Tatzen und zurückgelegtem Kopf, stehen von Zeit zu Zeit auf, sperren das Maul auf, daß die Leute ihnen Früchte und Mohrrüben hineinwerfen. Abwechslung im eintönigen, leeren Alltag. Ringsum glatte Mauern, an denen sie nicht hochklettern können. Ich sehe auf riesige Tatzen mit enorm langen Krallen hinab. Braunbären, die den ganzen Tag, Monat um Monat, Jahr um Jahr über den Kiesboden schlurfen, durch kleine Wasserbecken hindurch, dann wieder sitzen, stundenlang am Boden sitzen und nach oben starren. Was sehen sie? Ein Stück Himmel und davor einen Kranz von grinsenden, schreienden Menschengesichtern und fuchtelnden Händen. Wenn sie geradeaus schauen, sehen sie Steinmauern. Wohin sie sich drehen und wenden, sie blicken auf Steinmauern. Ihr Gefängnis ist rund.

Jedesmal wenn ich beim Bärengraben bin, nörgelt eine Frauenstimme aufgebracht in den Graben hinunter: Jetzt schau doch mal, wie faul der ist, liegt einfach auf dem Rücken und sperrt sein Maul auf! Oder: Der liegt ja nur herum, der tut ja überhaupt nichts!

1798 marschiert Napoleons Armee auf dem Weg nach Rußland in Bern ein. Der Staatsschatz und die Bären werden nach Paris entführt. Der Staatsschatz wird in ungefähr hundert eisenbeschlagenen Kisten auf elf Leiterwagen abtransportiert, die insgesamt von vierundvierzig Pferden gezogen werden. Sieben Millionen Livres in Gold und Silber.

Zwölf Jahre lang bleibt der Bärengraben leer. Bern ohne Bären? Undenkbar.

Eine neue Legende entsteht: Wenn die Stadt ohne liebe gefangene Bären ist, sind die Zeiten schlecht, die Bevölkerung verfällt in Depression.

That is absurd. Lou ist entsetzt. Wie kann man mit wilden gefangengehaltenen Tieren zusammen in einer Stadt leben, ohne depressiv zu werden!

Ich stimme ihr zu: Deshalb zieht es die Menschen an die Aare, um die Last, die sie niederdrückt abzuwaschen. In der Straßenbahn unterhalten sie sich darüber, daß sie vor der Arbeit, in der Mittagspause und ganz sicher nach Feierabend schwimmen gehen. In einer wilden Umarmung hält die Aare Bern umschlungen. Niemand kann sich ihr entziehen. An der Universität tauscht man Schliche und Kniffe aus, wie man die Aare in den Arbeitsplan einbauen könnte. Mir hängt die Aare zum Hals heraus! sagt eine Assistentin.

Ich weiß nicht, wie ich die eineinhalb Stunden Aare unterbringen soll!

Ich gehe immer morgens vor der Arbeit zum Schwimmen, antwortet ein Kollege, dann habe ich es hinter mir und brauche den Tag nicht mehr zu unterbrechen.

1853 feiert Bern die fünfhundertjährige Zugehörigkeit zum Schweizerbund. Dieses Jubiläum, beschließt die Obrigkeit, kann man unmöglich in einer bärenlosen Stadt würdigen. Man sucht in Graubünden, in Savoyen, in Ungarn, in Skandinavien und in den Zoologischen Gärten von London und Paris nach neuen Bären, ohne Erfolg. In den Pariser *Jardins des Plantes* wird man schließlich fündig.

Die zwei jungen Bären werden mit Staatsehren empfangen und in einer geschmückten Kutsche durch die Stadt geführt. Der Bernermarsch wird geblasen, die Bärenwärter tragen Blumensträuße, auf dem Kutschbock neben dem Kutscher sitzt ein ausgestopfter, bekränzter Bär.

1904 spendiert ein Schweizer aus Siebenbürgen ein junges Bärenmännchen, wie es heißt: »spesenfrei Bahnhof Bern«, und bald darauf, ebenfalls kostenlos, ein Weibchen aus der gleichen Gegend.

1906 kommen zwei russische Bären aus der Tierhandlung Mohr in Ulm dazu.

1907 ein Bär aus St. Petersburg.

Höchststand 1913: 24 Bären.

1914 müssen acht große und kleine Bären für die Schweizerische Landesausstellung ihr Leben lassen. Eine geschäftstüchtige Berner Firma läßt die Bären erschießen und ausstopfen. Diese werden als altbernische Krieger verkleidet und auf ein Drehgestell montiert, um für ein Milchprodukt zu werben.

Die Aare ist Wildwasser und Beichtstuhl in einem. Von Mai bis September werfen sich die Berner und Bernerinnen in die Strömung und lassen sich von ihr forttragen. Lou ist katholisch aufgewachsen, sie wird verstehen, daß die Berner Bevölkerung für die jahrhundertelange und noch andauernde Tierquälerei in der Aare Absolution sucht.

Wissen sie, daß sie es tun? fragt Lou.

Ich muß verneinen, lasse sie jedoch ihr rituelles Bad noch für einige andere Sünden nehmen, auch für die ertränkten, gehenkten und verbrannten Wiedertäufer zu Beginn der Reformation.

Es liegt in der Natur des Beichtens, sich Erleichterung zu verschaffen, vielleicht auch Reue zu spüren und aufgerichtet weiterzuleben. Derweil sitzen die gefangenen Braunbären sommers wie winters immer noch auf Sandstein in ihrem runden Gefängnis eingemauert.

Kontrollentlassung. Lou und ich lieben Körper. Bern hat einen Schotterkörper.

Ich sage Sätze der Liebe, die einfachsten Formeln: Bern ist schön, ich mag Bern, Berndeutsch ist meine liebste Sprache. Wie alle Liebenden stammle ich tumbes Zeug, weil sich beim Lieben der Körper mit seiner Sprache durchsetzen und die Herrschaft der Worte brechen will. Wenn man über die Kirchenfeldbrücke in die Stadt hineingeht, tut man es am besten im Abendlicht, um zu Lou sagen zu können: Schau, wie schön diese Stadt ist!

Der warme Sandstein, die Münsterplattform hoch oben auf einem Felsensporn, vor Feinden und Hochwasser geschützt, die sanfte Neigung der alten Häuserfassaden Richtung Nydeckbrücke, und unter uns der Fluß mit gletschergrünen und dunklen, fast schwarzen Strömungen neben den weißen Aufschäumungen am Wehr, dazu ein paar Inselchen aus Geröll, Gletschergeschiebe, den schönsten glattgeschliffenen Steinen der Welt. Wenn man über die Kirchenfeldbrücke geht, darf man nicht zurückschauen, sonst kann man keinen Schritt mehr tun. Man würde zusammengepreßt vom Kondensat Bern. An einem Ende ist es die Skulptur der behäbigen Helvetia, die vor einem Brunnen hockt, hinter sich ein klassizistisches Schlößchen mit Türmchen und Erkerchen, einem riesigen Gittertor mit zwei steinernen Bären, das historische Museum. Dahinter bei gutem Wetter die Schneeberge, das Alpenrot, das Abendglühen.

Hinter Helvetias Rücken und dem historischen Museum entfernt man sich weiter von der Innenstadt und geht Richtung Landesbibliothek, Schweizerisches Literaturarchiv, Kirchenfeldgymnasium und Bundesarchiv. Dort bekommt man Einlaß, wenn man ein Gesuch auf Akteneinsicht gestellt hat. Am Eingang bekommt man die gewünschten Dokumente mit einem hauseigenen gespitzten Bleistift ausgehändigt. Außer Notizpapier darf man sonst nichts mit in den Saal hinter der Glastür hineinnehmen. Viereinhalb Jahre bin ich im Kirchenfeldgymnasium ein- und ausgegangen, sage ich zu Lou, ohne zu wissen, wie nah das Bundesarchiv ist, wo eine Akte zur Wiedereinbürgerung meiner Familie aufbewahrt wird.

Die Unterlagen über alle Gesuche der Mutter, sich mit den beiden kleinen Söhnen während des Krieges in der Schweiz einige Wochen im Haus ihrer Eltern aufhalten zu dürfen, werden im Bundesamt für Ausländerfragen aufbewahrt. Dort liegen auch alle Anträge des Vaters für eine Arbeits- und Aufenthaltserlaubnis. Sämtliche Dokumente kann ich im Amt für Migration und Personenstand, in der Abteilung Zivilstands- und Bürgerrechtsdienst einsehen. Eine junge Angestellte führt mich in ein kleines leeres Zimmer, wo auf einem Tisch ein dickes Aktenbündel bereitliegt. Fürsorglich, beinahe besorgt sagt sie: Löht Nech ruejg Zyt, wüsst Dir, mängisch chöme de no so Gfüeu ufe.

Lassen Sie sich ruhig Zeit, wissen Sie, manchmal kommen dann noch so Gefühle herauf.

Datum der Einreise 20. Oktober 1945. Vorübergehender Aufenthalt bei der Familie und Vorbereitung der Ausreise bis zum 15. März 1946. Auf diesen Zeitpunkt hat die Ausreise aus der Schweiz zu erfolgen. Der Aufenthaltszweck muss als erfüllt betrachtet werden. Erwerbstätigkeit verboten.

Wenn man wüßte, was in den Körpern der zukünftigen Eltern aufgezeichnet war, sagst du zu Lou. Worüber haben sie gesprochen? Daß der Vater im offenen Lastwagen vom Roten Kreuz von Prag bis Bregenz mitfahren durfte... mit Schweizerinnen oder deutschen, mit Schweizern verheirateten Frauen gereist ist, daß er unterwegs bei den Bauern Milch für die Kinder ergattert hat... daß er auf diese Weise bis zum Bodensee, bis zu einem Auffanglager in Bregenz gelangte... daß er von einem gewissen Major Hausammann in die Schweiz hineingeschmuggelt wurde... daß die Frauen mit den Kindern, denen er behilflich gewesen ist, ihm, dem Major, von seinem Geschick erzählten und daß er sozusagen eine Adresse habe in der Schweiz... daß der Major einem französischen Offizier einen *laissez-passer* verschafft hat... daß dieser den Fremden mit den deutschen Papieren im Auto hat mitfahren lassen...

Von da an sind seine Wege und Gesuche über zehn Jahre lang genauestens dokumentiert. Auch sein einziger Zusammenstoß mit der Polizei ist in den Akten festgehalten, aus dem Dorf Lyssach, wo er in Dreierreihe Fahrrad gefahren ist, die Vorfahrt von rechts nicht beachtet hat und als Folge davon an einem nicht näher beschriebenen Verkehrsunfall beteiligt war, dafür mit 20.– Franken Buße belegt worden ist

Da gegenwärtig im Baugewerbe ein großer Mangel an Arbeitskräften vorhanden ist und Sie eine empfindliche Lücke im Bureau eines Schweizerarchitekten auszufüllen vermögen, sind wir im Interesse des schweiz. Arbeitsmarktes bereit, unsere Zustimmung zu einer vorübergehenden Betätigung, bis 30. Juni 1946, zu erteilen. Sie verbleiben jedoch unter Ausreisepflicht und müssen sich mit dem Gedanken abfinden, die Schweiz wieder zu verlassen.

Fragen die Eltern hin und her, wie sind die Aufseher gewesen? Was haben die Russen? Was haben die Tschechen? Was hast du zu essen gehabt? Was machen wir, wenn sie mich abschieben? Was sollen wir jetzt tun? Wie lange müssen wir in diesem Haus, in diesem Dorf bleiben?

Zuerst wohnen sie in drei Zimmern unter dem Dach. Nachts, wenn endlich Ruhe eingekehrt ist, wenn sie nicht mehr danke, danke, danke vielmals, kann ich noch etwas tun, bitte, danke vielmals sagen müssen, können sie eine Tür hinter sich zuziehen und ungestört sein.

Vielleicht schreit einer der Buben im Traum auf, natürlich. Aber das Dorf schweigt, die Kirchenglocken geben Ruhe, der Briefträger klingelt nicht, die Post ist geschlossen, die Angestellten der kantonalen Fremdenkontrolle und der eidgenössischen Fremdenpolizei schlafen unter den Gesetzen, nur der Hund vom Schreiner gegenüber winselt manchmal im Schlaf.

Haben sie sich flüsternd und Nähe suchend aneinandergedrängt?, die einzig mögliche Nähe, mit einem Erwachsenen, der auch im Krieg gewesen ist, suchend?, mit dem sie sprechen können, sprechen, begreifen, wenn sie sich umarmen? Der Schweiß, der ihre Körper mit einem Film überzieht, ist es Liebesschweiß, Angstschweiß, Schamschweiß den Mutter-Eltern, den Nachbarn, dem Dorf, den Behörden gegenüber gewesen?

What could each one read from the other's body? fragst du Lou. Sie umarmen Kriegsspuren im anderen mit, Alphabete, die sie nicht entziffern, nur fühlen können wie die Bangigkeit vor dem barschen Inland, in dem ein ausländischer Körper Mißtrauen und Argwohn erregt, ein fremder Fötzel.

Did you have to say thank you all the time? fragt Lou.

Zum Glück kann man bei Geburt noch nicht sprechen. Ich habe gefühlt. Dankbarkeit ist schwerer als Blei. Zum Glück hat es den Schweizer Großvater noch fünf Jahre lang gegeben. Großvater-, gänggele- und Danke!-Sagen hat die andere Dankbarkeit ein wenig abgepolstert.

Der Vater ist ein Niemand, die Mutter ist ein Niemand, die beiden Söhne sind Niemande. Die Mutter hat den Schweizer Paß und das Schweizerbürgerrecht verloren, als sie 1936 einen Nicht-Schweizer geheiratet hat. Ich komme in der Schweiz als Niemand zur Welt, es ist kompliziert, sage ich zu Lou. Kein Mensch hat davon gesprochen. In der Schweiz nützt es nichts, auf Schweizer Boden geboren zu sein. Die Abstammung geht nach dem Vater. *Can you imagine such a thing?* Ich bin in Bern als Fremde, als Deutsche zur Welt gekommen.

Ein *nobody* hat keinen Körper, repräsentiert nichts, ist auf deutsch ein Habenichts. Auf deutsch fehlt nicht der Körper, sondern Hab und Gut. Ein Jemand hingegen ist eine Person, vielleicht eine Persönlichkeit, hat Körper, Status, Gesicht, hat ein Gesicht zu verlieren. Hat ein Ansehen, einen Namen, hat eine Arbeit, hat zu tun, weiß, wohin er geht. Ein Jemand wird wiedererkannt, auf der Straße, im Laden mit Namen begrüßt, hat womöglich Besitz, gehört womöglich wohin, in ein Land, das über Grund und Boden verfügt, in dem es Straßen, Felder, Gräben, Grenzen, Wälder, Zäune, Häuser gibt, Dörfer, Städte, Eisenbahnen, Haltestellen, Bahnhöfe, Menschenmassen; alles drängt sich, drängelt, jeder drängelnde Mensch hier ist ein Jemand.

What is a fremd fetzl? fragt Lou.

An alien rag, antworte ich, ein abschätziger Ausdruck für einen Nicht-Schweizer, ein Fötzel, ein Fetzen aus Papier oder aus Stoff. Weil er ein fremder Fötzel gewesen ist, hat der Vater einen Übereifer entwickelt, alles ganz genau wissen zu wollen. Wie er sich angestrengt hat, sich Mühe gegeben hat, um bleiben zu dürfen, in Bern jede Gasse abgeschritten ist, jeden mittelalterlichen Brunnen einzeln umkreist hat, Namen murmelnd, repetierend. Wenn seine Verwandten aus Deutschland zu Besuch sind, verändern sich die Luftströmungen im Haus. Er, der dafür bekannt ist, mit federnden weit ausholenden Schritten und wehenden Mantelschößen zu gehen, als müsse er nach etwas haschen oder sei gerade kurz davor, es zu erreichen, bewegt sich dann eher auf der Stelle, beinahe schwebend, als habe er Luftpolster unter den Füßen. Stolz führt er seine Eltern und Geschwister mit ihren Kindern durch Bern und erklärt ihnen bei jedem Brunnen, unter den Arkaden, in den alten Gassen, wohin ihn die Gnade des Schicksals verschlagen hat.

Die angesetzte Frist zur Ausreise wird erstreckt bis zum 30. September 1946. Der Unterzeichnete ist darauf aufmerksam zu machen, dass er trotz Aufhebung der Ausreisefrist nicht mit einem dauernden Aufenthalt in der Schweiz rechnen kann und dass es in seinem Interesse liegt, wenn er seine Übersiedlung nach Deutschland vorbereitet und sich dort nach einer neuen Existenz umsieht.

Zehn Jahre lang repetiert er Namen von Orten, Straßen, Gassen, von Bergen, Gipfeln, Pässen, von großen Namen und von großen Zahlen, bis über seine mögliche Einbürgerung abgestimmt werden kann.

Zehn Jahre? fragt Lou. *Until you get Swiss citizenship? And how long did it take him to get his landed immigration papers?*

There is no such thing as a landed immigrant in Switzerland. There are no immigrants at all, period. There are foreigners, strangers, alien rags and guest workers. Es gibt hier keine Immigranten, nur Fremde, Ausländer, fremde Fötzel und Gastarbeiter. Unter den Fremden ab und zu einen Fremdschläfer. In gewissem Sinne ist der Vater ein Fremdschläfer gewesen, ist er doch schwarz über die Schweizer Grenze gekommen und hat mit viel Ach und viel Krach im Haus der Mutter-Eltern bleiben dürfen, ein Geduldeter.

Gemäss den Weisungen über das Einbürgerungsverfahren ist der Polizeiabteilung des Eidg. Justiz- und Polizeidepartementes nicht nur zur Kenntnis zu bringen, was man über den Bewerber weiß, son-

dern auch wie man »massgebenden Ortes« über ihn und die Möglich-
keit seiner Einbürgerung denkt.

The Community Council? fragt Lou. Der Gemeinderat hat zuerst über die Einbürgerung entschieden? *Neighbours?*
Quite correct, bestätige ich. Nachbarn. Dorfbewohner.
I like strangers, sagt Lou. *You are my favorite stranger.*
Me, too, sage ich, *I always liked strangers. After all I grew up with a stranger.* Schließlich bin ich mit einem Fremden aufgewachsen, sage ich. Wenn ich es genau betrachte, stamme ich in direkter Linie von einem Fremdschläfer ab. Ein Leben lang hat es an ihm genagt, daß er die Behörden, die ihn geduldet, die ihn nicht hinausgeworfen haben, anfangs hinterging, indem er sich schwarz über die Grenze fahren ließ und dem ringsum niet- und nagelfesten Land unfreiwillig bewies, daß es möglich war, einfach so hereinzukommen.

As a child, sage ich zu Lou, habe ich manchmal gedacht, es könnte doch irgendwo abgelegte Schweizer Papiere geben, die niemand mehr braucht, *you see,* in den ersten Schuljahren habe ich immer von den Töchtern des Zahnarztes Kleider bekommen, was mir ganz recht war; denn solche hätten wir uns nicht leisten können. Diejenigen, die nicht mehr beweisen müssen, daß sie hierher gehören, habe ich mir gesagt, könnten doch auch ihre Papiere denen geben, die noch keine haben. Man könnte aus den Papieren herauswachsen wie aus den Kleidern, einfach, weil Zeit vergangen ist.

Anzeige einer erteilten Aufenthaltsbewilligung bis 12. März 1956.

Der Genannte hält sich seit bald zehn Jahren ununterbrochen in unserm Lande auf. Er ist imstande, schweizerisch zu denken und zu empfinden. Bis jetzt hat sich weder der Bewerber noch seine Ehefrau irgendwie politisch betätigt oder hervorgetan. Er gehört auch nicht irgendwelchen Verbindungen seines Heimatstaates an.

Auch in Kirchberg gehört er keinem Verein an. Vielmehr lebt er zurückgezogen und drängt sich in keiner Weise an die Öffentlichkeit. Seine Lebensführung und sein Charakter sind bis dahin nie aufgefallen, so dass ihm in jeder Hinsicht gute Zeugnisse ausgestellt werden.

Wir bitten um Kontrollentlassung.

Bis zu den Rändern. HERE, sage ich zu Lou, das ist das Rohr. Wir gehen das Rohr hinab, innen in Berns Wirbelsäule. Spitalgasse, Marktgasse, Kramgasse, Gerechtigkeitsgasse, sagt Lou mir geduldig nach, Spital, Markt und Gerechtigkeit versteht sie.

O culture, murmelt Lou hin und wieder, *o culture. Beautiful!*

Those Swiss! sagt sie dann kopfschüttelnd, während sie zusieht, wie aus einem städtischen Reinigungsfahrzeug vier Männer in gestärkten, gebügelten, orangereinen Arbeitsanzügen hinausspringen und, mit großen Reisigbesen bewaffnet, Jagd auf ein Stück Zeitungspapier machen. Staunend bleibt sie vor den Trittbrettern von Bussen und Trambahnen stehen, wenn diese sich geräuschlos für Kinderwagen herabsenken.

O Europe! seufzt sie verträumt. Bern ist eine dieser alten europäischen Städte, wunderschön anzuschauen, von einem Alterswert und einer Bauweise, die man in Québec nie antreffen wird, und wenn wir noch tausend Jahre lebten nicht. Die Häuser hocken, auch wenn es elegante Häuser mit verspielten oder schweren Fassaden sind. Sie hocken auf Arkaden, an Straßenecken auf Rundbögen wie der dreibeinige Ofen, auf Durchgängen, auf kunstvollen Höhleneingängen. Die Arkaden verlaufen zur Straße hin aus, als hätten die Häuser Füße oder Wurzeln, die sich unter dem Kopfsteinpflaster berührten, als hätten riesige Hände die Rundbögen zum Boden hin ausgestrichen. Der Ursprung des Steins und das, was man daraus gebaut hat, sind so nah zusammen wie Holzhaus und Wald. Die Häuser der Berner Altstadt sind die bearbeitete Landschaft, verwandelte Flühe, Höhlen.

Hier geht es zur Nydeckbrücke weiter, wo eine Burg stand, und darunter ist die Untertorbrücke, die erste Brücke Berns, laß uns hinuntergehen, dann sind wir auch wieder an der Aare. Ich rede immer schneller und schneller. Lou sieht mich verständnislos an.

Warum gehen wir nicht über diese Brücke und auf der anderen Seite weiter? fragt sie. Von der Brücke aus hat man sicher einen schönen Blick auf die Aare.

Dort drüben ist der Bärengraben, sage ich. Am andern Ende der Brücke ist der Bärengraben.

O, well. Lou runzelt die Stirn. Werde ich die Bären unweigerlich sehen?

Nein, sage ich. Man muß ja auf die Bären hinabschauen. Du wirst eine kreisrunde steinerne Brüstung sehen und nicht wissen, was das ist. Es ist ein ungewöhnlicher Anblick in einer Stadt. Du wirst hingehen wollen, um zu sehen, was es da gibt. Außerdem stehen dort immer viele Menschen herum, ein Indiz dafür, daß es etwas zu sehen gibt. Du wirst also hingehen und dich über die Brüstung lehnen und hinabschauen. Du wirst sofort weinen. Auf die Bären werden transatlantische Tränen fallen.

Hm, sagt Lou. Ich bin seit vier Wochen in der Schweiz.

Wie ist das mit den Körperflüssigkeiten? Würde ich jetzt Schweizer Tränen weinen oder Québecer Tränen?

Wir setzen uns unten an der Gerechtigkeitsgasse in ein Straßencafé und fallen in tiefes Nachdenken. Manche behaupten, das wahrhaft zähe und tiefe Verwachsensein der Berner mit ihrem Wappentier müsse tiefere Wurzeln als eine zufällige, legendäre Namensgebung haben. Soll die Berner Bärenliebe auf einen keltischen Bärenkult zurückgehen? Ist die Berner Bevölkerung etwa ein Bärenclan? Dieses Totem ist wirkungslos. Ein Totem sperrt man nicht ein.

Zum Glück gibt es Lou. Ihr kann ich anvertrauen, daß im zukünftig ehemaligen Bärengraben ein Gedenkort eingerichtet werden wird, der darüber informiert, wie andere Kulturen dem Bärengeist ihre Referenz erweisen. Kaum ist der Bär getötet, nähert man sich ihm mit allerlei Entschuldigungen. Es gibt Jäger, die entfernen sich vom erlegten Tier und nähern sich aus einer anderen Richtung wieder an, als hätten sie sich verirrt und das Tier durch Zufall entdeckt. Bären werden von allen erlegten Tieren mit der größten Ehrerbietung gewürdigt. Es heißt, der Bär erinnere sich an alles, vergesse nichts. Lou beschäftigt sich nicht mit Bärenmythen, Bärensagen, Bärenfolklore, Bärengeistern. Das mache ich, die Europäerin, die mit Winnetou im Kopf und den gefangenen Bären in Bern aufgewachsen ist. Lou weiß auch nicht, wer Winnetou ist. Niemand hat diese europäische Fantasie dort eingeführt. In Kanada ist Winnetou ein Nobody.

Lou will unbedingt das Münster von innen anschauen. Tu es nicht, sage ich.

Warum nicht? fragt Lou.

Geh nicht hinein, sage ich.

Warum nicht? fragt Lou.

Es könnte dir schlecht werden. Schlimme Dinge fallen einem ein, Stürze, Zertrümmerungen. Man könnte die Orientierung verlieren, taumeln, sogar umfallen.

Im Münster ist ein Geruch, sage ich. Außerdem ist es nicht katholisch. Es gibt nichts zu sehen.

Was für ein Geruch? fragt Lou

Einen Geruch kann man nicht erklären, sage ich. Im Innern ist es hoch und streng.

Was für ein Geruch, fragt Lou, an was erinnerst du dich?

Es ist ein kahler Geruch, sage ich, der Geruch, der übrigbleibt, wenn man alles entfernt hat, was Freude machen könnte.

Was zum Beispiel? fragt Lou.

Haut, sage ich, etwas, das man gerne anschauen würde, weil es farbig ist oder vergoldet oder weil es einen üppigen Faltenwurf hat.

Gibt es gar nichts anzuschauen? fragt Lou

Nichts mit einem Faltenwurf oder einer Krone oder einem Lächeln. Sieh nach, sage ich. Es gibt nichts. Alles ist streng.

Stimmen von Touristen aus verschiedenen Seitenschiffen. Museumscharakter. Das macht es etwas erträglicher. Das Klappern von Absätzen auf Sandsteinboden. Der Geruch dreht mir den Magen um.

Da sind bunte Glasfenster, sagt Lou.

Ja, an manchen Stellen ist das Licht schön, sage ich, doch die Bilder sind hart.

Was meinst du, fragt Lou

Die Linien sind hart wie bei einem Holzschnitt, sage ich, es sind kantige Bilder. Niemand lächelt. Eine Statue wäre etwas anderes.

Wo sind sie? fragt Lou.

Weggeworfen, sage ich, zuerst mit Äxten zusammengeschlagen, dann zertrümmert, dann in eine Grube geworfen.

In welche Grube? fragt Lou

Draußen, ich zeige dir die Stelle. Ich muß hinaus, mir wird schlecht. Riechst du den Geruch?

Ich rieche nichts, sagt Lou. Was riechst du?

Strenge Gewänder. Keinen Körpergeruch. Kahle Wände. Ich rieche Staubwischen, die Abwesenheit von Wohlgerüchen. Man müßte das Münster abtragen.

Und dann? fragt Lou.

Dann gäbe es noch einen leeren Platz in Bern, sage ich. Hinter der Universität gibt es ein berühmtes Feld, das Viererfeld.

Was ist das, ein Viererfeld? fragt Lou.

Ein Stück Land, sage ich, ein Feld, auf dem im Viererrhythmus angebaut wird. Drei Felder werden reihum bestellt, das vierte liegt brach, ruht sich aus.

Wie groß ist es? fragt Lou.

Ich weiß nicht, wie groß es ist, gestehe ich. Man kann wahrscheinlich in einer halben Stunde ganz herum gehen.

In einer halben Stunde? fragt Lou ungläubig. Das ist nicht groß.

Es ist nicht groß, bestätige ich. Es ist flach. Darauf kommt es an. Daß es flach bleibe. Daß Pflanzen darauf wachsen. Daß man über das Feld schauen kann.

Wie weit sieht man, wenn man über das Feld schaut? fragt Lou.

Bis zu den Rändern, antworte ich. An einem Rand führt eine asphaltierte Straße entlang, gegenüber ist ein Stück Stadtwald, an den anderen beiden Rändern sieht man Häuser.

Man sieht auf Häuser? fragt Lou. Man sieht nicht in die Weite?

Nein, sage ich. Man sieht nicht in die Weite. Deshalb brauchen wir mehr Flächen.

Wie wäre es mit einer Naturkatastrophe? schlägt Lou vor. Gibt es hier Erdbeben?

In Sand zurückverwandeln. Die Aare könnte etwas ausrichten, meine ich, unterspülen, über die Ufer treten, mitreißen. Die Aare könnte es schaffen. Oder Doris. Wenn Doris wiederkäme, würde der Turm ins Wanken geraten. Sie hat mit ihrem Mann nach der Hochzeitsreise in Bern Station gemacht. Wie üblich führt der Vater bei der Stadtführung für deutsche Verwandte das Münster als krönenden Abschluß vor. Die ganz Mutigen und die gut zu Fuß sind, müssen mit ihm, dem konvertierten Katholiken, alle Stufen des Turmes hochsteigen, 254 Stufen bis zur ersten Plattform, und weitere 90 bis ganz hinauf, kündigt der Vater an, bevor er voranschreitet. Doris meistert die Aufgabe mit zehn Zentimeter hohen Bleistiftabsätzen und in einem auf Figur geschneiderten, schulterfreien Kleid. In den Mauern hebt ein Rieseln an, als wolle der Stein sich in Sand zurückverwandeln und zu Boden rauschen.

Die Besteigung des Berner Münsters mit Stöckelschuhen wird beim Abendessen zum besten gegeben, während Doris dicht neben ihrem Ehemann sitzt, ihm mundgerechte Häppchen Brot mit Butter bestreicht und mit Käse und Aufschnitt belegt. Sie plaudert.

Sie habe von Natur aus einen dunklen Teint, und im Urlaub wie jetzt in Spanien werde sie richtig dunkelbraun, manche hätten sie schon für eine Zigeunerin gehalten, fährt sie lächelnd fort und blickt strahlend in die Runde, es sei ihr des öfteren passiert, daß sie beim Tanztee kein einziges Mal aufgefordert worden sei, weil die Männer meinten, sie sei eine Zigeunerin, köstlich!

Du mußt dir vorstellen, sage ich zu Lou, daß Doris mitten in der Woche in einem schulterfreien Kleid, das mit großen farbigen Blumen bedruckt ist, dasitzt.

Bare shoulders, echot Lou verträumt, *how nice!*

Very nice, bestätige ich und berichte ihr weiter, die Mutter hingegen schieße beim Essen abschätzige Blicke schräg nach unten auf die hohen Pumps, seitlich verstohlene zu Doris' Schultern und Armen, ihrem gebräunten Gesicht, den leuchtend roten Lippen, den dunklen, dunkel umrandeten Augen, den schwarzen langen Haaren, die sich vom Gesicht wegbauschen, im Nacken zusammengehalten werden und sich über eine Schulter nach vorne ins Dekolleté winden.

Am Eßtisch vermischt sich ein neues Wort, Tanztee, mit einem neuen Auflachen und nackten Schultern und wird sofort in die Verbannung geschickt.

Der Vater schmunzelt galant, macht anderntags eine amüsierte Bemerkung über extravagante, etwas überkandidelte Frauenzimmer, aber spürbar hat er ihren Anblick, dieses Flair von Exotik und Verführung genossen, das mit ihm die Wendeltreppe im Münster hinauf- und hinabgestöckelt ist, während das taftgefütterte Kleid mit jedem Schritt und jeder halben Drehung an ihrem Körper hin- und hergleitet.

Doris ist nur einmal hier gewesen. Bern hat sie verschlafen. Es ist nicht abzusehen, wie lange die Stadt nun auf eine andere Gelegenheit warten muß.

Auf dem leeren Münsterplatz könnte man zum Beispiel etwas wachsen lassen, sage ich zu Lou, alles, was von selbst wachsen möchte. Die Leute könnten dort hinkommen und verschnaufen. Aufseufzen. Vielleicht wäre es so großartig wie der verpackte Reichstag in Berlin. Die Menschen sind abends von Ost und West dorthin gegangen und haben die Verpackung angelächelt. Dann haben sie sich untereinander angelächelt, miteinander gesprochen, sich Kalauer erzählt, im Stehen ein Bier oder ein Glas Wein getrunken und sich jeden Abend heiterer gefühlt. Viele haben sich gewünscht, der Reichstag würde nie wieder enthüllt werden, sondern rosa gewandet bleiben.

So könnten die Menschen in Bern ab und an zur flachen Fläche gehen und lächeln. Sie könnten aufhören einzukaufen. Auf dem leeren Münsterplatz könnte etwas sein, das kein Denkmal wäre, nichts Schutzbedürftiges. Der Platz selbst müßte nichts Besonderes darstellen. Er würde nicht einmal im Stadtplan stehen.

Keine Touristenhorden würden danach suchen, jedoch unweigerlich dorthin gelangen. Alle würden von ähnlichen Erfahrungen berichten: Zuerst hätten sie das Raumgefühl verloren, dann seien sie in ein Zeitloch gefallen und in der Folge lächelnd sitzen geblieben, bis andere Leute gekommen seien, die lächeln wollten und einen Sitzplatz dafür benötigten.

D'une beauté, ma chère. Wenn man gegen Morgen von einem mörderischen Kreischen aus dem Schlaf gerissen wird, stellt man sich am offenen Fester innen ans Fliegengitter und fragt: *Who are you? Who are you?* auf die andere Seite des Maschendrahtes hinaus. *Who are you?* fragt die Dämmerung zurück. Zwei Fellbündel klettern eilig am Ahorn hinab und machen sich querfeldein davon. Waschbären. Stachelschweine würden langsam hinabklettern und gemächlich weiterwackeln. Man bleibt auf, wandert umher, läßt sich schließlich im niedrigen Sessel unter einem Fenster im Wohnzimmer nieder, das Ohr dem anbrechenden Tag zugewandt. Vielleicht zieht jetzt der Elch durch den Wald. Zu ebener Erde hat das Haus mehr Fenster als Wand. Mit *moustiquaires* ausgestattet stehen sie im Hochsommer Tag und Nacht offen. Die Tierstimmen des Sommers, seine Gerüche, seine Hitze ziehen durch die Räume, dringen in alle Wände ein, sättigen sie, so wie die Luftfeuchtigkeit sie aufquellen läßt.

Man sitzt hinter dem feinen Maschendraht und schaut aus einer Volière nach draußen. Auf der anderen Seite wehen die Zweige von Büschen und Bäumen auf und ab. Singvögel fliegen durch den freien Luftraum und verschwinden pfeilschnell, kaum wahrnehmbar, einen kanariengelben oder olivgrünen Farbtupfer im Auge zurücklassend. Den ganzen Sommer lang hausen sie unsichtbar im dichten Laubwerk, nur ihre Stimmen rufen daraus hervor. Federleichte winzige Geschöpfe von zehn, zwanzig, dreißig Gramm, die an der Spitze eines Zweiges wippen, *les grives, les fauvettes,* all die *wood thrushes* und *warblers,* Walddrosseln, Singdrosseln, Waldlaubsänger, die jene Stunde abwarten, in welcher der Resonanzraum des Waldes leer ist, in der ihre Triller, ihre betörenden Flötenmelodien am weitesten tragen, am langsamsten verklingen, lange nachhallen, vor Tagesanbruch, wenn noch keine Lastwagen, Schulbusse, Personenkraftwagen durch den Wald rasen, oder in der Abenddämmerung, wenn die meisten Menschen heimgekehrt sind, kein Motorrad durch die Nacht dröhnt, kein menschlich verursachter Lärm die Stille durchschneidet.

Im Frühjahr sieht man auf dem Weg, der weiter unten von der Erdstraße zu den Teichen hinabführt, in der aufgetauten Erde die Hufabdrücke eines Elches, Jahr für Jahr eine einzelne Fährte tief im Morast eingedrückt, als sei diejenige vom Vorjahr im Winter konserviert worden und im April wieder aufgetaut. Man spürt, wie der schwere Körper hoch oben auf staksigen Beinen schaukelt, wie die weiche Erde unter jedem Huf ein wenig nachgibt. Er sucht einigermaßen festen Boden, umgeht die Pfützen in den tiefen Reifenspuren, die Wasserlachen in den Senken. Die Hufe drücken sich auf der erhöhten Mitte des Weges ein, wechseln an die Seiten, zwischen niedergedrückte Farnstauden und matschiges Laub. Wahrscheinlich könnte man hören, wie sein Geweih selbst auf dem breiten Waldweg Äste und Zweige streift. Wie hört sich der mächtige, fast schwarze Rumpf an, der allein durch den Wald zieht? Zieht ein Schnaufen mit ihm mit?

Ich denke mit Vorliebe an den Elch, der bedächtig seines Weges zieht, an alle Elche und Schwarzbären, die jetzt in den umliegenden Hängen unterwegs sind, ungesehen, ungeschoren, noch nicht von Jägern bedroht. Diese benutzen kleine runde, mit Creme gefüllte, schokoladenüberzogene Kuchen als Köder. Man kann sie als *May West* bei jedem Dépanneur kaufen. Während der Jagdsaison werden die *May Wests* zu Hunderten in den Wäldern deponiert, um Bären zum Abschuß zu locken.

In der Stille meiner Gedankengänge höre ich plötzlich deutlich Lous Stimme, die zur Katze sagt: *I know you are a cat, but this is a house!*

Ihr Tag hat gut angefangen. Frühmorgens ist ihr beim Laufen vor dem Frühstück ein junger Schwarzbär quer über den Weg gerannt. Auch hat sie in den Brombeeren neben dem Haus Bärenkot und Bärenspuren entdeckt. Einige Sträucher seien ringsum plattgewalzt, weil Bären gern auf dem Rücken liegend äßen. Nach einem Sommer, in dem es die Waldbeeren verregnet hat, kommt es vor, daß die Schwarzbären sich anderswo gütlich tun.

Miaou! beharrt die Katze auf ihrem Recht und schubst mit der Pfote den angefressenen Distelfink an, den sie hereingetragen hat.

Lou trägt ihn hinaus und wiederholt mit Nachdruck: *I know you are a cat, but this is a house!* als wollte sie der Katze sagen: Sprich mir laut und deutlich nach: Ich weiß, daß ich eine Katze bin, aber dies ist ein Haus!

Miaou, erwidert die Katze beleidigt und spielt draußen mit ihrer Beute weiter.

Ich traue meinen Ohren nicht. Noch nie ist es vorgekommen, daß Lou einer Katze gegenüber eine Grenze gezogen hätte. Die Katze ist über diese abrupte Verhaltensänderung zu Recht beleidigt. Sie ist es gewohnt, daß Lou Nacht für Nacht morgens um vier aufsteht, um ihr ohne zu murren die Tür aufzumachen und danach weiterzuschlafen.

Lou wendet sich jetzt den Ameisen auf der Fensterbank zu: *No, no, no!* sagt sie streng und trägt einige von ihnen zur Tür hinaus: *This way you go, this way! and tell all your sisters and brothers!*

Die Ameisen marschieren an der Seite des Hauses entlang und kommen zum hinteren Fenster wieder herein.

Alle wieder zurück, melde ich.

Unsinn, meint Lou, nur die, die es noch nicht begriffen haben, und fährt mit ihrer Litanei fort: *This way you go, this way.*

Ich trage sie derweil zur Hintertür hinaus. Vielleicht ist es nur eine Frage der Richtung.

Lou kommt nach draußen, um bei der Katze Abbitte zu leisten. Dann bin ich an der Reihe. Es ist doch seltsam, sagt sie, daß wir einer Schlange oder einem Vogel mehr Wert beimessen als einer Maus. Wenn die Katze eine Maus fängt und tötet, greifen wir nicht ein, weil wir wollen, daß die Katze die Maus für uns tötet. Kommt sie hingegen mit einer Blindschleiche, einer Ringelnatter, einem Frosch, einer Meise, einer Schwalbe im Maul an, erheben wir ein Mordsgeschrei. Besonders du gerätst ganz aus dem Häuschen, weil du diese Tiere mehr liebst als Mäuse, ihnen unter Umständen eine symbolische Bedeutung gibst.

Besonders ich gerate ganz aus dem Häuschen, murmle ich.

In Gedanken bin ich wieder beim Bärengraben gelandet. Selbst wenn das Millionenprojekt, der lange geplante Park für die Bären, schon existierte, sagt die Bärenwärterin bei meinem Besuch, könnte man die Bären aus dem Bärengraben nicht mehr umsiedeln. Sie sind dort geboren oder als Jungtiere hergekommen. Sie kennen nichts anderes. Der Bärengraben ist ihr Revier, ihre Sicherheit.

Ihr Gesicht ist lauter Milch und Honig, ihre Augen schauen wie weit auseinanderliegende Teiche aus einer jungen Landschaft hervor, ihr Haar glänzt wie Kupfer, als sei sie gerade eben aus einem nicht gemalten Bild, einem nicht gedrehten Film über die Schöne und das Tier herausgetreten, um ihre Arbeit als Tierwärterin aufzunehmen. So steht sie im Kiosk, an dem man Futter für die Bären kaufen kann, kleine Papiertüten, in die sie erst ein wenig Hundefutter einfüllt, dann frisch geschnittene Äpfel und Pfirsichstücke und Kirschen. Sie arbeitet wie am Fließband, um die Portionen abzufüllen, die sie durch ein kleines Fenster für drei Franken pro Stück an Kinder und Erwachsene in einer Warteschlange reicht.

Die drei Bären im größeren Graben sind 1981 aus Barcelona angeliefert worden. Ihr Graben ist mit Felsblöcken, Nischen, kleinen Höhlen, wild wachsenden Büschen und Bäumchen etwas verbessert worden. Im kleineren Graben lebt der alte Bär, Urs. 1977 im Bärengraben zur Welt gekommen, ist er vom damaligen Bärenwärter noch mit der Flasche aufgezogen worden. In seinem Graben gibt es keine

Rückzugsmöglichkeit, kein frisches Grün, nur ein Miniaturwasserbecken und den jämmerlichen dürren Kletterbaum.

Lou hat zufrieden die Wirkung ihrer Worte zur Kenntnis genommen und schaut sich nach einem neuen Betätigungsfeld um. Gleich wird sie mich fragen, wie es weitergeht. Es könnte sein, muß ich ihr sagen, daß auch dieses Haus weiterziehen wird. Schockierend, gewiß. Häuser lassen sich nicht so leicht umgarnen, und Träume beharren darauf, Träume zu sein. *At this point of the story,* will ich ihr mitteilen, beginnt das Haus, den Hang hinunterzurutschen.

Wo steckst du gerade? fragt sie.

Bei der Bärenwärterin, antworte ich wahrheitsgetreu.

Ich bin mit ihr in den Keller hinabgestiegen um zu sehen, wo die Bären die Nacht verbringen. Ihre Nacht beginnt nachmittags um fünf, wenn die Wärter Dienstschluß haben. Dann werden die Bären in die Stallungen geholt und bis zum nächsten Morgen eingesperrt. Auf dem Steinfußboden der Schlafzellen liegt eine dünne Schicht aus Sand und Kies und darüber frisches Stroh. Die drei Bären aus Barcelona schlafen dicht aneinandergeschmiegt in einer Ecke zusammen, obwohl sie drei Zellen zur Verfügung haben. Der alte Bär lebt seit Jahren allein, am Tag draußen und nachts auf dem Steinfußboden, nie mit seinesgleichen in Berührung. In allen Zellen gibt es frische Äpfel und Möhren. Auf einer Ablage liegen Äste von Tannen herum. Diese seien am Morgen immer völlig zerrupft.

Der alte Bär trottet langsam heran, nachdem sie einige

Male die Eisentür hat scheppern lassen. Die Bärenwärterin hält ihm einen Löffel Honig hin, mit ausgestrecktem Arm, so hoch wie möglich, damit er sich auf die Hinterbeine stellen muß. Ein mächtiges Tier von zwei Meter Höhe, an Menschen gewöhnt, daran gewöhnt, das Wenige zu befolgen, was diese ihm als Abwechslung anbieten. Auch ich halte ihm einen Löffel mit Honig hin, habe das Gefühl, in einem Bild mit gefangen zu sein, das ich aus Filmen, Fotografien, Berichten, Büchern, aus Zoos und Zirkussen, aus dem eigenen Denken kenne, das gefangene Tier, die Gitterstäbe, der Mensch. Ein Puzzleteilchen der menschlichen Gesellschaft. Etwas, das der Mensch gemacht hat, machen kann, macht, deshalb ist es da, unverändert.

Ein Rucken geht durch das Haus, dann setzt es sich in Bewegung. Als habe es an allen vier Ecken Rollen angeschraubt, rumpelt und holpert es gemächlich durch wuchernde Goldrute und Wolfsmilch hinab, bis es unten in der Senke, vor dem ersten kleinen Teich zum Stehen kommt.

You will hear the phone ringing inside the moving house, rufe ich Lou zu, bevor ich dem Haus hinterherstolpere und mir einen Pfad durch das schulterhohe Dickicht bahne.

Das Telefon schrillt und schrillt.

Allô? Allô? stell dir vor, sagt Chantals Stimme aus dem Hörer im flüchtigen Haus, Lucille und ich haben einen Wolf gesehen.

Mit dem Telefonhörer am Ohr schaue ich zu Lou hoch, die oben am Hang auf- und abstapft, in die Hände klatscht und lacht.

Is that the end? ruft sie den Hang hinab. *Is it going to end with the house sliding downhill?*

Einfach unglaublich, wie Lucille die Tiere anzieht, sagt Chantal.

Erst haben wir einen Biber am hellichten Tag gesehen, dann einen Elch und schließlich, ganz frühmorgens, als wir im Auto aus dem Park hinausgefahren sind, hat ein Tier mitten auf dem Weg gesessen, ein Hund, habe ich zuerst gedacht, nein ein Kojote, *regarde le chien-là!* ruft Lucille, kein Hund, habe ich gesagt, *non, pas un chien,* habe ich gesagt, Lucille, dort sitzt ein Wolf.

D'une beauté, ma chère, fährt Chantal fort, dort im Morgenlicht, von einer unglaublichen Schönheit, wie er langsam aufgestanden ist, uns angeschaut hat und im Wald verschwand. Der Parkwärter, dem ich am Ausgang davon erzählte, hat sich die Haare gerauft, weil er den ganzen Sommer keinen einzigen zu Gesicht bekommen hat.

Keuchend und schnaufend komme ich wieder oben an. Wo das Haus gestanden hat, zeichnet sich ein leeres Viereck im Gras ab, hellbraune, bröselige Erde, ein paar runde Feldsteine, ganz so wie der Grundriß eines kleinen Hauses weiter vorne an der Erdstraße ausgesehen hat, nachdem es auf eine andere Stelle des Grundstücks versetzt worden ist. Der Umriß eines Zimmers, einer Kiste.

Und nun? fragt Lou. *Does it end here?* Was machen wir jetzt?

Nichts, antworte ich.

Du hast die Beute der Katze aus dem Haus befördert, das Haus hat sich davongemacht. Es gibt nichts mehr zu tun.

Aber die Wölfe, sagt Lou. Du hast die Wölfe vergessen.
Einmal im Leben möchte ich einem Wolf begegnen.

Das Wort Fremdschläfer kommt in der Schweiz als bürokratischer Begiff im Asylbereich seit Ende der achtziger Jahre vor. Mit der Veränderung der Asylgesetze sind stärker kontrollierte Kollektivunterkünfte eingerichtet worden. Asylsuchende werden nicht mehr einzeln in Wohnungen, sondern in Zentren untergebracht. Im April 2004 hat sich die Situation durch eine erneute Revision verschärft. Flüchtlinge mit einem sogenannten Nichteintretensentscheid werden aus der Sozialhilfe ausgeschlossen, aus den großen Kollektivunterkünften ausgewiesen und in teilweise sehr abgelegenen Minimalzentren untergebracht. Damit sie nicht zu Freunden in die alten Unterkünfte zurückkehren, wird die Kontrolle drastisch, auch durch private Sicherheitsdienste, verstärkt. Fremdschläfer heißen Asylanten, die an einem anderen Schlafplatz als dem offiziell zugewiesenen angetroffen werden.

Die Zeilen auf S. 144 entstammen dem Gedicht ACTE DE FOI von Anne Hébert (Les Editions du Boréal, 1997) und lauten in der Übersetzung von Marie-Elisabeth Morf:

> *Sie glaubt an Dinge, die man ihr nie gesagt*
> *Noch ihr ins Ohr geflüstert hat*
> *Dinge so verrückt, daß man zittert*

> *Sie stellt sich vor, die runde rauhe dunkle Erde*
> *In ihrer rechten Hand zu halten*
> *Wie eine Blutorange, die leuchtet*

Die Übersetzungen der Zitate von Virginia Woolf (S. 111) und Antonine Maillet (S. 171) stammen von der Autorin.

Inhalt

I

Einlaß in diese Störrischkeit 7
Eine gewisse Sorglosigkeit 10
Felsig oder salzig oder trocken 14
Die Klarheit, Durchsichtigkeit des Wassers 19
In alle Richtungen 27
Man muß Punkte sammeln 31
Schätze und Ungeheuer 38
Das ist grüner Schnee 43
Man muß die Himmelsrichtungen kennen 48
Flüsse kommen auch vor 51
Heute bin ich nicht schwimmen gegangen 59
Kein Zettel hilft hier weiter 72
Mit Armen und Beinen, die zusammengehören 79
Grundnahrungsmittel 84
Eine Unsicherheit, etwas Unmündiges 88
Die Einheimischen füttern 92
Mehrere Sprachen und zwei Koffer 99
Im Hellen tappen 103
Ein Stuhl macht alles viel komplizierter 107

II

Hat es eine schwarze Salbe gegeben 117
Um nah heranzuholen 121
Offene Metrosperre 128
Mitten im Wortfeld 131
Unter Gleichen 135
In der Dunkelheit wieder das Funkeln 143
Es gibt keine Ränder mehr 153
Und weswegen, womit 160
Hinter der blinden Landschaft 162
Falling into place 166
Vage, unbestimmt 171

III

Daß man sich bedingungslos auf sie einläßt 177
Wohin sie sich drehen und wenden 185
Kontrollentlassung 191
Bis zu den Rändern 200
In Sand zurückverwandeln 206
D'une beauté, ma chère 209

Christina Viragh
Im April

Roman
340 Seiten
ISBN 978-3-250-60094-7
MERIDIANE 94

Auf derselben Wiese, auf der im 15. Jahrhundert Holzstangen den Ort verschiedener Untaten markieren, steht heute, am Anfang des 21. Jahrhunderts, das Mietshaus, in dem Heinz und Selena die kühle Endphase ihrer Beziehung erleben. In den zwanziger Jahren befindet sich auf der Wiese das Bauernhaus der Familie Schacher, aus dem der junge Schacher davonläuft und einen Sommer lang mit Bruns Ein-Mann-Varieté auf Wanderschaft geht. In den sechziger Jahren wohnen die neunjährige Mari und ihr Vater in dem Mietshaus, Mari ist in ständiger Angst vor Krieg und Geheimpolizei, und Vater Ferenc faßt im neuen Land nicht Fuß.

Mit humorvoll tiefem Blick über sechs Jahrhunderte hinweg, zeichnet *Im April* die Geschichte eines Ortes, seiner Bewohner und ihrer Geheimnisse nach.

»Christina Viraghs Prosa gehört zu den bedeutendsten Leistungen deutschsprachiger Literatur der Gegenwart.«
Kurt Drawert, Neue Zürcher Zeitung

Ammann Verlag

Helen Meier
Schlafwandel

Erzählung
220 Seiten
ISBN 978-3-250-60089-3
MERIDIANE 89

Erzählt wird die Geschichte eines ungleichen Paars, zweier Frauen. Die ältere hat ihren Lebenspartner durch den Tod verloren, die jüngere steht engagiert in einem beziehungsreichen Leben. Was die beiden verbindet, ist die emotionale und intellektuelle Neugier auf das jeweils andere Leben, ist aber auch die Anziehung, die sich durch die enge Freundschaft dem körperlichen Begehren nicht verschließt.

Die Wege der Annäherung aneinander, das Erleben von Erfüllung in der Zweisamkeit und die Abenteuer, die die beiden miteinander zu bestehen haben, diesen Freundschafts- und Liebesstufen bleibt die sich allmählich einschleichende Entfremdung nicht erspart, und so taucht der Schmerz die gemeinsam verbrachte Zeit in ein melancholisches Abschiedslicht.

»Helen Meier ist eine Zauberin alten Schlages. Sie zaubert mit Hand und Fuß, mit Herz und Hirn. Und immer ist sie dem Lebens- und Glücksbetrug hart auf der Spur.«
Gerhard Köpf, Die Welt

Ammann Verlag